PREMONITIONS

Lily Chrissie Scot

DEDICACE

A Danièle, Stéphane et Jean-Pascal et à
tous ceux qui vivent des choses
extraordinaires

.

PROLOGUE

Il rabattit le col de son long manteau afin de se protéger et d'affronter le temps exécrable. Il savait que dehors le vent s'était levé, mais, lorsqu'il ouvrit la porte, le froid glacial le surprit et le pénétra. Le ciel était noir, sans lune. Un calme inquiétant régnait en cette nuit du 20 décembre 1566.

Il fit un signe de croix, remonta son col par-dessus ses oreilles, ferma les yeux pendant quelques secondes pour se donner du courage avant de s'enfoncer dans l'abîme de la nuit. Il avançait péniblement dans la neige. Tout n'était que chaos dans son esprit. Il ne pouvait effacer les moments terrifiants qu'il venait de vivre.

Il remonta le chemin à travers la forêt. Un hurlement déchirant se fit entendre. Le loup était loin, mais par prudence il ramassa une pierre pour s'en servir comme arme, au cas où…

Il pressa le pas.

Trébuchant dans la neige et essoufflé, il parvint jusqu'à une trouée, d'où il put apercevoir la masse grise des premières maisons du village de Saint-Aubin. Il n'y avait pas de lumière dans les ruelles. À cette heure tardive, le couvre-feu était passé. Ses pas résonnèrent sur les pavés déneigés, tout était si calme et si effrayant à la fois.

Enfin il atteignit l'église, la longea et déverrouilla une petite porte, qu'il s'empressa de refermer derrière lui avant de s'y adosser.

Il était au summum de l'épuisement et de la peur. Il ferma les yeux et pria.

Il saisit le bougeoir sur le meuble dans l'entrée et en alluma le cierge, se dirigea vers une pièce exiguë meublée d'une armoire et d'une écritoire. Il ouvrit un tiroir pour en sortir un livre épais relié de cuir avant de saisir sa plume. Le registre était destiné au greffe du bailliage. Il trempa sa plume dans l'encrier et se ravisa. Non, il ne pouvait divulguer ce baptême. Dieu avait mis cet enfant sur son chemin. Il se sentait investi du devoir de le protéger, de le sauver de Satan. Telle serait sa mission.

Il remit le registre à sa place et en prit un autre dans un placard sur lequel on pouvait lire : « registre paroissial ».

Le secret serait gardé au sein de l'Église. Il tourna les pages et commença à écrire :

Acte de baptême en ce jour du 20 décembre 1566

Nom et prénom : Talban Antoine, né et baptisé ce jour
Fils de (mère) : Talban Marthe
Et fils de (père) : Piereshi Augustin (décédé)
Adresse du baptisé : bois de Verdier à Saint-Aubin
Père ayant rendu l'onction : père Gabriel Turdon, paroisse de Saint-Aubin

Prions pour être plus fort que le démon !

1

De nos jours…

Tom regardait par la fenêtre de sa chambre la ville qui se dessinait dans son champ de vision et qui n'était plus qu'un chaos. On pouvait apercevoir des maisons détruites, à perte de vue. D'épaisses fumées s'évadaient çà et là.

Des enfants égarés étaient en pleurs et les mères hurlaient le nom de celles et ceux dont elles n'avaient plus de nouvelles. Seuls l'hôtel et quelques bâtisses, miraculeusement encore dressés, contrastaient avec cette vision d'apocalypse.

Tom était photographe de guerre.

Ces dix dernières années à parcourir les

pays en conflit ne l'avaient pas endurci. Dix ans à côtoyer la mort, les bombes, la peur afin de montrer au monde ce qu'était la guerre.

L'effroi de voir ce dont était capable l'homme lui laissait toujours cette amertume de ne pouvoir faire plus. Ses photos étaient publiées dans le Daily Mail. Elles étaient vues par des milliers de personnes, mais elles ne pouvaient transmettre cette réalité brutale. Celle que des centaines d'innocents vivaient et ressentaient, avec ce sentiment d'impuissance et de peur.

Ses lecteurs étaient à des milliers de kilomètres d'ici, s'apitoyant devant ses photos avant d'aller vaquer à leurs occupations. Ils contemplaient un cliché figé, dépeignant une scène d'une fraction de seconde. En réalité elle était issue d'un quotidien effrayant et incessant pour les habitants de ces pays en conflit.

Un bref coup à la porte le fit sursauter. Sans attendre l'invitation, un homme d'une cinquantaine d'années entra. Il avait les cheveux hirsutes et une barbe de quelques jours :

— Tom, fais ton sac ! J'ai eu un message. Ils vont ouvrir l'aéroport pour les derniers ressortissants. Un hélicoptère de l'armée nous y attend. On va pouvoir partir. On dispose de moins de deux heures pour y arriver.

Étonné, Tom regarda son ami. Tous les deux travaillaient pour le Daily Mail. Ils se connaissaient depuis cinq ans, avaient vécu les mêmes horreurs, avaient eu peur ensemble. Marc avait sauvé la vie de Tom une fois. C'était lors d'une embuscade. Il l'avait plaqué au sol de la jeep dans laquelle ils se trouvaient alors qu'il prenait des photos.

Il lui avait ainsi évité de recevoir une balle.

Marc écrivait et Tom mettait ses écrits en images. L'un ne partait jamais en mission sans l'autre.

— Mais nous n'atteindrons jamais l'aéroport, toutes les voies sont coupées. Si déjà on arrive à traverser la ville sans se prendre une balle d'un sniper !

— OK, les routes sont en trop mauvais état pour une voiture, mais pas pour une moto !

Éberlué, Tom fixa son ami d'un regard interrogateur. Il répéta comme dans un écho :

— Une moto !

Marc empoigna un sac pour y jeter des vêtements éparpillés dans la pièce :

— Magne-toi. Oui, une moto ! Un trial qui mieux est. Je l'ai payée cher, mais c'est notre unique chance de sortir d'ici. J'apprécie mon métier, mais quand ça sent le roussi…

Il n'eut pas le temps d'achever sa phrase

qu'une explosion fit trembler les murs. Instinctivement, ils se plaquèrent au sol, les bras sur la tête afin de se protéger d'éventuels éclats. Ils entendirent des hurlements venant de la rue. Des sirènes retentirent, puis tout redevint paisible. Marc fut le premier à se ressaisir :

— Dépêche-toi ! Je t'attends dans le hall !

— OK, répondit Tom en se relevant, encore choqué par l'explosion.

Il attrapa par paquets ses vêtements pliés dans l'armoire et les tassa dans son sac. Il fit un bref tour de la pièce afin de récupérer quelques affaires qui lui importaient. Enfin prêt, il empoigna son sac et dévala les cinq étages, l'ascenseur ne fonctionnant plus. La panique avait gagné l'ensemble de l'hôtel, les gens couraient dans tous les sens.

Marc faisait les cent pas dans le hall. Lorsqu'il aperçut Tom, il le tira brusquement par la manche vers l'extérieur. Quand ils furent dehors, ils franchirent la rue jusqu'à un mur en ruine qui cachait la moto. Marc l'enfourcha et démarra la moto.

— Monte vite !

— Non attends ! Je le sens mal. Je ne peux pas expliquer pourquoi, mais attendons pour partir. Nous arriverons quand même à temps à l'aéroport.

— Mais qu'est-ce que tu fous ? Bouge-toi !

— Non, je t'assure, descends de cette moto. Il faut se mettre à l'abri dans...

Tom ne put achever sa phrase. Une douleur fulgurante lui pénétra dans le corps pour venir lui frapper le bas du dos. La souffrance, insurmontable, le fit tomber à genoux. Il poussa un cri. Non, ce n'était pas le moment d'avoir mal.

Marc hurla :

— Qu'est-ce qui t'arrive ! Cela te reprend ?

— Oui, souffla le photographe, toujours la même douleur. Viens rentrons dans l'hôtel, je pressens le danger.

— Non, monte, bordel de merde, c'est le moment ! cria son ami qui commençait à manifester des signes de panique.

À ce moment-là, une détonation se fit entendre. Dans un automatisme, Tom s'allongea, les mains sur les oreilles.

Le bruit de la moto qui chutait le fit se retourner.

— Marc ! hurla-t-il.

Il entendit une balle siffler près de lui, puis plus rien excepté le ronronnement de la moto. Il se jeta derrière le mur. Les pleurs d'un enfant se faisaient entendre au loin. Des cris. Puis ce fut le silence, un silence pesant. La peur au ventre Tom attendait, la sueur lui piquait les yeux. Il y eut des rafales de mitraillette, des cris d'hommes, sûrement des soldats. Il éprouvait l'impression que sa poitrine allait éclater. Le tireur embusqué avait dû être abattu. Il n'y avait plus d'échanges de tirs. Il risqua un œil, la rue était déserte. Marc baignait dans son sang, une jambe coincée sous la moto dont le moteur tournait sans cesse.

Il était mort.

Tom enleva la bandoulière de sa besace et la lança en direction du corps de son ami. Rien, aucun tir, tout était redevenu silencieux. Alors, après avoir pris une bonne inspiration, il vida ses poumons et se jeta sur la moto. La maîtrise reprit le dessus et, attrapant son sac, il releva l'engin, l'enfourcha, enclencha la première et disparut dans un nuage de poussière. Seul le vrombissement du moteur qui s'éloignait restait perceptible.

Il sillonna une grande partie de la ville en ruine avant de s'engager sur des routes escarpées en direction de l'aéroport. Il chuta de nombreuses fois sur des sentiers improvisés, se relevant à chaque fois sans prêter attention à ses blessures superficielles. Arrivé à la dernière crête, il put apercevoir l'aéroport en contrebas.

L'aéroport était protégé par l'armée. Il y

voyait des va-et-vient incessants de véhicules militaires. Il laissa la moto et s'engagea en courant dans la pente vertigineuse qui se présentait devant lui. Lorsqu'il fut proche, il sortit sa carte de journaliste et la brandit bien haut en hurlant :

— Je suis un journaliste anglais ! Anglais... Journaliste !

Deux militaires arrivèrent, pointant leur arme vers lui. Tom leur montra tous les papiers qu'il avait en sa possession. Il tremblait. Un militaire le guida à l'intérieur du premier bâtiment et lui indiqua le bureau où il devait se présenter. Une dizaine de personnes attendaient devant une table où se tenait un officier qui essayait d'enregistrer les présents.

Un brouhaha étouffait sa voix. Bientôt, ce fut son tour. Il montra son passeport. L'officier vérifia dans ses registres et lui indiqua une porte :

— Au bout, vous prendrez à droite. Le sergent Holt vous attend pour vous conduire à l'hélicoptère qui vous évacuera.

Tout allait très vite. On l'entraîna d'un couloir à un autre, au pas de course. Il était bousculé par la foule qui s'agitait autour de lui et avait du mal à se frayer un chemin. Des cris et des pleurs se faisaient entendre. Essoufflé, il atteignit enfin le tarmac. On le fit monter dans l'hélicoptère avec d'autres civils. L'engin décolla aussitôt, les portes à peine fermées. Il s'écroula sur une pile de sacs, ahuri par les évènements.

Tom sentit alors les larmes lui monter aux yeux.

2

21 décembre 1566

— Père Gabriel, père Gabriel !

Des coups à la porte, accompagnés de cris, réveillèrent le prêtre. L'homme s'était endormi sur le bureau, la joue sur le registre paroissial. L'horloge annonçait six heures. Il mit quelques secondes pour réagir et reprendre ses esprits. Les coups et les cris redoublèrent :

— Père Gabriel, ouvrez ! Un malheur est arrivé !

Il déverrouilla la porte. Sur le seuil se tenait Adèle, une vieille paysanne du village, qui hurlait des phrases incompréhensibles. Il lui posa les mains sur les épaules pour l'apaiser avant de lui demander :

— Calmez-vous ma fille, que se passe-t-il ?

Pour toute réponse, la femme pointa un doigt tremblant vers le côté droit de l'église. Le bois du Verdier était en feu. Un brasier immense recouvrait la colline. Les flammes éclairaient des ombres humaines qui couraient dans tous les sens, outils à la main. La population s'activait afin de débroussailler les abords du village. Chacun s'affairait, les uns à remplir des récipients remplis d'eau, les autres à couper les ronces ou à creuser un fossé afin de contenir le feu. Des heures durant, le combat fut rude, mais la hargne et la force prirent le dessus et le feu fut enfin circonscrit.

Il y avait des blessés que l'on rassembla dans la seule auberge. Aucun mort n'était à déplorer et le village avait été épargné. La catastrophe avait pu être évitée. La nuit rétablit le calme.

Tous étaient exténués et commençaient à s'interroger sur l'origine de l'incendie. Comment un feu avait-il pu se déclarer en pleine forêt à cette période de l'année où tout était recouvert de neige ? Que s'était-il passé ? Toutes les hypothèses furent émises jusqu'aux plus sordides, lorsqu'un cri retentit dans la foule.

— La maison de la sorcière, elle a brûlé !

Des hurlements de joie s'élevèrent, repris par l'écho de la montagne. Seul le père Gabriel priait en silence. Marthe Talban était morte brûlée, prise au piège dans sa chaumière au milieu de la forêt.

Elle était morte ainsi que son nouveau-né, Antoine !

D'un pas usé, il laissa la population à sa joie et retourna au presbytère. Le malheur était arrivé avec la naissance de cet enfant.

Le feu dans la cheminée était éteint et le froid commençait à se faire ressentir, ainsi que la fatigue. Il sortit dans la petite cour à l'arrière du bâtiment où était entreposé le bois, lorsqu'un bruit le mit en alerte. Il écouta et entendit des pleurs, ceux d'un nourrisson. Cela provenait de l'autre côté de la barrière.

En hâte, il retourna à l'intérieur chercher une bougie qu'il alluma. Il revint vers l'enfant sanglotant et pointa la lumière vers lui. Il recula d'un pas, épouvanté par le tableau qui se présentait à lui.

L'effroi qu'indiquait son visage à ce moment-là était indicible. Une femme morte gisait sur le sol. Ses haillons étaient incrustés dans sa peau et ses bras et ses jambes brûlées et noircies. Elle se tenait, le visage contre le sol, mais le prêtre la reconnut immédiatement :

— *Marthe, la sorcière ! s'exclama-t-il.*

Emmailloté, à côté d'elle, son bébé hurlait. Le curé se signa et le prit dans ses bras. L'enfant cessa de crier comme s'il savait qu'il était sauvé. Père Gabriel l'emmena à l'intérieur afin de vérifier qu'il n'était pas blessé. Il le démaillota. Aucune trace apparente de brûlure. Mais à la vue d'une chose effroyable qui ne pouvait être que la marque du diable, il recula. Ceci même qui l'avait tant effrayé la veille : un appendice caudal qui prolongeait la colonne vertébrale.

Cela ne pouvait être que le signe du démon.

Il remmaillota l'enfant qui ne semblait souffrir d'aucune blessure. Comment était-ce possible ? Ce nourrisson incarnait-il le fils du diable ? Il frissonna à cette idée et la peur redoubla.

Il essaya de réfléchir. Dieu avait laissé ce bébé en vie par miracle. Il se devait donc de le protéger. Il devait l'éloigner du village, de la fureur de la population. Dès que les gens découvriraient l'existence de l'enfant, le fruit d'une sorcière et d'un homme accusé de satanisme, ils deviendraient incontrôlables.

Il prit une couverture, l'enveloppa, se couvrit lui-même d'un long manteau et s'enfonça dans la nuit épaisse, le nourrisson dans les bras.

Il marcha des heures durant et était au bord de l'épuisement. Chaque pas représentait un effort énorme. Il trébuchait de temps en temps au risque de tomber. Ce ne fut qu'au petit matin qu'il atteignit le monastère de Moutier-sur-Saint-Quentin, où vivaient onze frères.

Il empoigna le marteau de la porte et en frappa trois coups brefs. Il sentait son cœur s'emballer. Ce fut un jeune novice qui vint lui ouvrir. Le sourire qu'il arborait quand il aperçut le père Gabriel disparut à la vue de l'enfant qu'il serrait dans ses bras. Le prêtre ne lui laissa pas le temps de parler. D'une voix essoufflée, mais autoritaire, il lui ordonna :

— Vite mon fils, je dois absolument voir l'abbé Nicolas de Monfreid.

Le novice eut un moment d'hésitation avant de s'écarter pour laisser entrer le prêtre. Il referma la porte derrière lui, prenant soin de faire tourner l'énorme clé dans la serrure. Le bruit ne réveilla pas l'enfant qui dormait à poings fermés. Ils traversèrent le cloître, croisèrent un vieillard très âgé, en haillons, qui s'accrocha à la cape du prêtre pour lui quémander quelques pièces.

Sans se retourner, le père Gabriel continua son chemin, préoccupé par le devoir que Dieu lui avait confié. Le novice le conduisit dans la salle commune et, s'adressant à lui la tête baissée, il lui dit :

— Veuillez attendre ici ! Je vais prévenir l'abbé Nicolas. Qui dois-je annoncer ?

— Père Gabriel de Saint-Aubin.

Les minutes qui suivirent lui parurent interminables. La nervosité du prêtre commençait à se faire sentir, sa tête fourmillait. Il ne ressentait même plus la fatigue. Le bruit d'une porte massive le fit se retourner. Le novice qui l'avait reçu se tenait dans l'encadrement :

— L'abbé Nicolas vous attend. Veuillez me suivre.

Ils empruntèrent un long couloir sombre. Un faisceau de lumière les guida jusqu'à une porte entrouverte. D'un signe de la main, le jeune garçon indiqua au religieux qu'il pouvait pénétrer dans la cellule, avant de s'éclipser. Le prêtre entra en faisant grincer la porte.

Un homme âgé, assis derrière un pupitre, l'accueillit avec un immense sourire, avant de venir à sa rencontre ;

— Père Gabriel, il y a si longtemps ! Que me vaut votre…

Ses mots s'évadèrent en silence à la vue du bébé. Il dévisagea d'un regard interrogateur le *prêtre. À l'expression de ce dernier, il comprit que la situation était grave.*

Il referma la porte.

Ils restèrent près de deux heures dans la cellule. Le père Gabriel en ressortit seul, sans l'enfant, les traits reposés. Il se sentait soulagé en regagnant la salle commune où le novice l'attendait. Ce dernier le raccompagna sans murmurer un mot jusqu'à l'entrée du monastère. Il referma la porte derrière lui.

Le père entreprit le chemin du retour. Il neigeait toujours et les flocons collaient à ses chaussures. Il marchait depuis un quart d'heure lorsqu'une douleur brutale dans la poitrine se fit ressentir. Il se laissa choir dans la neige.

Les yeux grands ouverts, il fixa le ciel et se mit à prier à voix basse.

— Ave Maria, gratie plena, dominus tecum, benedicta tu….

La phrase resta en suspens et ses yeux se fermèrent à tout jamais.

3

L'économiseur d'écran de Tom transmettait des photos humoristiques. Ce dernier ne semblait pas les voir. Le regard perdu, les mains posées sur le clavier indiquaient que ses pensées étaient ailleurs. Il avait mal. Il n'arrivait pas à surmonter la perte de son ami et ressentait un poids considérable qui lui serrait la poitrine.

Six mois s'étaient écoulés depuis la tragique disparition de Marc, mais il revoyait la scène comme si c'était hier.

Le corps avait été rapatrié à Londres. Tom avait soutenu sa veuve. Ils avaient pleuré ensemble. A plusieurs reprises, il lui avait relaté de quelle façon Marc était mort.

Il se reprochait de ne pas avoir assez insisté.

Il aurait dû le forcer à laisser cette foutue moto afin de se mettre à l'abri dans l'hôtel.

Aujourd'hui Marc était enterré. La vie continuait, le travail avait repris, mais Tom se sentait toujours si malheureux. Heureusement, ce matin, on lui avait confié une nouvelle mission, l'occasion pour lui de s'occuper l'esprit.

Il devait partir pour Belfast. Son avion décollait dans trois heures. La Véritable, l'Armée Républicaine Irlandaise, the True IRA avait de nouveau fait parler d'elle. Une attaque à la voiture piégée.

Un journaliste, Sean Foscher, devait l'accompagner. Tom ne le connaissait pas particulièrement. Il l'avait croisé à l'occasion de divers cocktails et lui avait à peine adressé quelques mots. Il avait consulté ses articles. Il devait admettre qu'il appréciait sa façon d'écrire. Ses mots étaient justes, directs et exprimaient exactement ce que lui-même ressentait.

Mais voilà, ce n'était pas Marc. Ce vieux compagnon de route avec qui il avait partagé des aventures, affronté des dangers. Celui avec lequel il aimait se retrouver devant une bière dans le pub du coin de la rue.

Il secoua la tête, comme pour revenir à la réalité. Marc était mort !

Il était tenu de l'admettre comme il devait accepter Sean Foscher. Il lui faudrait faire des efforts pour apprendre à le connaître. Ils allaient vivre des moments difficiles. Mais une chose était sûre, ils n'auraient pas cette complicité qui le liait à Marc.

Il saisit son blouson ainsi que son matériel photographique et sortit de la salle sans tenir compte des regards que des collègues posaient sur lui. Il se sentit mieux dès qu'il fut à l'extérieur. La rue fourmillait de gens et toute cette vie lui faisait du bien. Il décida de ne pas monter dans un taxi tout de suite et de marcher. Il lui restait un peu plus d'une heure pour rejoindre Sean dans le hall de l'aéroport. Il s'arrêta dans un drugstore, acheta un paquet de cigarettes et quelques chewing-gums pour l'avion. Puis, il fit une halte dans un fast-food pour s'offrir un café qu'il alla boire sur un banc à proximité. Il se rendit vite compte qu'en fait il essayait de gagner du temps et ainsi retarder sa rencontre avec Sean Foscher. Mais il dut se résigner. Il sortit du parc et héla un taxi.

Le hall de l'aéroport regorgeait de monde. Tom devait rejoindre son collègue à proximité des bureaux d'enregistrement. Il le trouva sans difficulté, ce dernier se distinguant par sa taille considérable et le roux de ses cheveux.

Ils se serrèrent la main sans un mot, puis se dirigèrent vers le hall d'embarquement.

Tom laissa Sean passer devant. Il l'observa. Ce dernier déposait les objets sortis de ses poches sur le tapis pour les passer dans le sas. Puis il vit le journaliste aller immédiatement s'asseoir dans la salle d'embarquement, sans se préoccuper de lui. Tom récupéra ses affaires et alla le rejoindre sur le siège d'à côté. Chacun se livrait à ses activités, l'un feuilletait le journal, tandis que l'autre rédigeait quelques notes sur un bout de papier. Sean ne cherchait en rien à entamer la conversation et Tom n'avait pas envie de faire d'efforts. Bientôt, deux hôtesses arrivèrent et l'embarquement put commencer.

Au bout d'un quart d'heure, ils se retrouvèrent sur le tarmac toujours sans avoir échangé un mot. Quand ils furent dans l'avion, ils s'installèrent en silence l'un à côté de l'autre. Tom se surprit à engager la conversation. Il commençait à estimer la situation grotesque.

— T'es un silencieux ou tu fais la gueule ?

— Non, je n'ai rien à dire et je ne savais pas que tu avais envie de faire la causette.

Sur ce, le grand roux s'enfonça dans son siège et commença à regarder une revue qu'il avait apportée avec lui. Tom le regarda plus attentivement.

Ses traits étaient fins, en contraste avec son corps massif. Il devait avoir environ trente ans et son physique n'était pas ingrat. *Il doit charmer la gent féminine... malgré son caractère*, pensa Tom.

— Eh bien, ça promet ! dit-il à voix haute.

L'avion décolla et le voyage commença dans un silence que Tom trouvait de plus en plus pesant.

— On s'organise maintenant pour la suite, ou tu préfères le faire devant une bonne bière quand on sera installés à l'hôtel ? lança le photographe à son coéquipier.

— Laisse tomber la bière, on file direct sur

les lieux. On a déjà assez de retard comme cela. Il faut que l'on prenne des photos du lieu de la fusillade et que l'on enquête dans la caserne.

Sean se replongea dans sa revue.

Par curiosité, Tom jeta un œil par-dessus son épaule pour voir quel genre de lecture pouvait bien apprécier ce compagnon peu bavard. Il ne put apercevoir que quelques images de peintures et de statues. Ça avait l'air d'une revue sur l'art.

Décidément, ils n'étaient vraiment pas faits pour s'entendre !

Tom souffla et se cala dans son siège. Il se mit à réfléchir au sujet sur lequel ils devaient enquêter.

L'Armée Républicaine Irlandaise, qui revendiquait une Irlande unifiée et indépendante du Royaume-Uni, avait frappé de nouveau. Cela s'était produit alors que le personnel d'une base militaire, au nord de Belfast, réceptionnait une livraison de denrées. Un soldat britannique en faction, ainsi qu'un civil avaient essuyé des tirs de deux hommes cagoulés. Ces derniers avaient pris la fuite sur une moto. La Véritable n'avait pas tardé à revendiquer cet attentat.

C'était le troisième en moins de deux mois, à la veille de la sortie du film de Harold Cork. Une histoire qui retraçait la vie d'un célèbre terroriste, Alan Mac Ollins, dans les années soixante. Une énorme campagne de propagande avait entouré ce long-métrage, remettant l'IRA sous les feux de l'actualité. L'intérêt suscité par cette biographie avait motivé le Daily Mail à envoyer Tom et Sean enquêter sur cette organisation. Les lecteurs étaient en attente de tout ce qui concernait l'Armée Républicaine Irlandaise. Ce dernier attentat n'avait fait qu'amplifier les choses.

Bientôt le commandant de bord annonça leur arrivée à l'aéroport et l'avion amorça la descente. L'atterrissage se fit sans encombre.

Tom se tourna vers Sean :

— Au début, je ne souhaitais pas faire d'efforts pour te plaire. J'étais ravi de ton silence, car moi-même je n'avais pas envie de te parler. On t'avait mis dans mes pattes et je n'étais aucunement disposé à partir avec quelqu'un d'autre que Marc. Mais maintenant, les rôles semblent s'être inversés, et ce petit jeu ne m'amuse pas du tout. J'ai l'impression que c'est toi qui fais de la résistance, que c'est toi qui n'as pas envie de parler. Et là, ça m'agace.

Le visage de Sean s'éclaira d'un sourire.

— Tu as raison. Moi aussi, j'avais la sensation que l'on t'avait mis dans mes pattes. Je n'ai rien contre toi, mais j'ai l'habitude de travailler avec mon photographe. De plus, depuis la mort de ton ami Marc, tu tournes le dos à tout le monde, tu en es même devenu désagréable. Ainsi, quand j'ai appris que tu m'accompagnais en Irlande, je n'ai pas sauté de joie.

Tom resta un moment silencieux. Sean venait de lui révéler quelque chose dont il n'avait pas pris conscience ces derniers temps. Mais en réfléchissant, il s'aperçut que c'était vrai. Il avait été irritable envers tous ses collègues.

Il les avait rendus presque coupables de cette détresse qu'il avait en lui, sans se soucier du mal qu'il leur faisait.

— Je crois que j'avais besoin d'entendre ça...

Et il se leva afin d'attraper son bagage au-dessus de la tête. Quand il se retourna, Sean lui tendait la main. Il le regarda, étonné. Ce dernier arborait un large sourire :

— Alors, on y va, collègue ?

— On y va, lui répondit Tom en souriant, avant de lui serrer la main.

4

L'abbé Nicolas de Monfreid observait l'enfant endormi au milieu du lit. Il détourna son regard.

Et si cet enfant était un envoyé du démon ?

Non, le père Gabriel avait raison : Dieu l'avait mis sur leur chemin, et ils devaient le protéger. Ici, il serait à l'abri. L'enfant n'était qu'un nourrisson, innocent de tout péché. Il s'agenouilla sur son prie-Dieu et se mit à égrener son chapelet. Sa prière fut brève, car le bébé se réveilla et se mit aussitôt à pleurer.

Il se signa et le prit dans ses bras. Les cris s'amplifiaient. La panique s'empara de lui, quand quelques coups à la porte se firent entendre :

— Père Nicolas ! Est-ce que tout va bien ?

Il ouvrit précipitamment la porte et découvrit deux moines et un novice sur le seuil. Ces derniers écarquillèrent les yeux, surpris à la vue de l'enfant. L'abbé ne leur laissa pas le temps de formuler la moindre question.

— Tout va bien, retournez dans vos cellules, sauf toi, frère Martial. J'ai besoin que tu ailles me chercher un peu de lait de la chèvre dans une outre. Cet enfant meurt de faim !

Sur l'ordre de leur supérieur, chacun regagna sa cellule, sauf le moine chargé de la mission, qui s'élança en courant. Il ne tarda pas à revenir en trottinant, une outre à la main. Il la tendit à l'abbé, lequel tentait tant bien que mal de bercer ce petit bout d'homme.

L'enfant but avidement, sans sembler être gêné par l'aigreur du liquide.

Le moine contemplait la scène sans un mot et ce n'est que lorsque le nourrisson fut repu et rendormi qu'il osa une question :

— Père Nicolas, cet enfant, va-t-il rester ici ? Nous ne savons pas nous occuper d'un être si petit !

— Sa mère et son père sont morts, et ce petit n'a pas de famille. Nous devons…

Il laissa la phrase en suspens. Des cris provenaient du couloir. L'abbé se précipita et aperçut le bûcheron qui venait régulièrement les alimenter en bois de chauffage.

— Père Nicolas ! Père Nicolas ! hurlait ce dernier.

— Ah, c'est toi Fouquet ! Que se passe-t-il ?

— Dehors, dans ma charrette !

— Oui, tu es venu nous livrer du bois, je vais t'envoyer les frères pour décharger.

— *Non, père Nicolas, dans ma charrette, un prêtre, je l'ai trouvé sur la route.*

L'abbé commença à sentir la panique monter en lui :

— *Que veux-tu dire ?*

Et il accompagna le bûcheron, pressant le pas, suivi du frère Martial. Quand ils furent dans la grange attenante au monastère, ils trouvèrent la charrette. Autour d'elle des moines parlaient à voix basse.

À l'approche de l'abbé, ces derniers s'écartèrent. Sur les rondins de bois, le père Gabriel gisait inerte. L'abbé saisit sa main, elle était glacée et il tenta en vain de trouver un pouls, un signe de vie. Il recula d'un pas et se signa. Les frères inclinèrent la tête et se mirent à prier.

Le père Gabriel fut emmené dans la petite chapelle. L'abbé demanda à rester seul, afin de pouvoir prier au chevet de son ami. Il exigea au frère Martial de rester avec lui. Sans se retourner, l'abbé s'adressa au frère :

— *Rends-toi immédiatement au presbytère de Saint-Aubin, où vivait le père Gabriel, tout de suite avant que la nouvelle ne se répande au village. Dans son bureau, tu trouveras le registre paroissial. Ramène-le ici, et surtout, fais en sorte que personne ne te voie !*

— *Bien mon père, je pars sur-le-champ.*

Il se mit immédiatement en route. Malgré ses habits chauds, le moine sentit le froid pénétrer entièrement son corps. Afin de se réchauffer, il partit à toute allure sur le chemin qui menait au presbytère de Saint-Aubin.

Il mit presque trois heures avant d'apercevoir le clocher du village. S'arrêtant au sommet d'une colline, il aperçut les premières maisons. Sur le versant nord, le paysage était dévasté ; un désert d'arbres calcinés, une image apocalyptique qui sidéra le pauvre moine. Il lui fallut quelques minutes pour reprendre ses esprits et entreprendre sa descente vers l'église.

Il trouva sans mal l'entrée du presbytère et le bureau du prêtre. Il entreprit d'ouvrir tous les tiroirs et finit par mettre la main sur le registre qu'il enfouit aussitôt dans sa besace.

Il jeta un œil à l'extérieur.

La rue était déserte et dénuée de toute vie. Il faisait très froid dans la maison.

Il sursauta. Il crut percevoir un bruit. Il se figea et attendit en silence, sans même oser respirer.

Pas un bruit !

Il se risqua encore un œil par la fenêtre, toujours rien… La peur sans doute…

Vite ! Se dépêcher de sortir pour reprendre la route au plus vite !

Alors qu'il s'apprêtait à refermer la grille de la cour arrière, il sursauta au son d'une voix très grave :

— Père Gabriel, c'est vous ?

L'homme était très grand, et la peau de mouton qu'il portait rendait sa carrure impressionnante. Il s'approcha et détailla le moine d'un regard noir et suspicieux, un regard qui semblait traverser le pauvre garçon, qui n'osait plus bouger.

Un silence lourd s'imposa.

Enfin, l'homme le rompit et l'interrogea :

— Qui êtes-vous ? Où est le père Gabriel ?

— Je… Je le cherche justement !

— Il n'est pas ici, tout le village est à sa recherche depuis ce matin. Il n'était pas aux mâtines et nous nous inquiétons à cause des événements de cette nuit. Mais, que lui voulez-vous ?

— Rien de particulier. Une visite de courtoisie.

L'homme le dévisagea un instant. Le moine sentait la sueur perler sur son front. Intrigué, le paysan continua :

— Vous venez du monastère de Moustier-sur-Saint-Quentin, n'est-ce pas ?

Le moine essaya de retrouver tout son courage et réussit enfin à dire avec un certain aplomb :

— Oui, j'étais justement sur le chemin du retour. Alors, j'ai décidé de m'arrêter, saluer le père Gabriel. Mais je dois reprendre la route pour arriver avant la nuit.

À ces paroles, le frère Martial éprouva presque de la fierté d'avoir eu la force de ne pas trahir l'abbé Nicolas et de n'avoir rien laissé paraître, comme ce dernier le lui avait demandé.

C'est d'un pas presque assuré qu'il tourna le dos au molosse après l'avoir salué. À peine sorti du village, il entendit des cris retentir :

— Le père Gabriel est mort ! Le père Gabriel est mort !

Le religieux entendait les hurlements sans pouvoir en comprendre le sens, tant ils étaient lointains. Mais il savait qu'il fallait vite partir avant qu'on le rattrape et lui pose des questions. Dès que les habitants apprendraient où était mort le pauvre prêtre, l'homme rencontré au presbytère comprendrait que cette visite n'était pas une simple courtoisie.

À cette pensée, il se signa et accéléra encore le pas.

La nuit était pratiquement tombée lorsqu'il arriva au monastère. Son cœur battait fort au point de tambouriner dans sa poitrine. Il ne savait pas si c'était dû à l'essoufflement ou à la peur d'être poursuivi.

Il éprouva un soulagement à la vue du bâtiment. Il s'empressa de rejoindre l'abbé Nicolas. Fier et heureux, il sortit le registre de sa besace.

— Tout s'est bien passé, mon frère ? s'enquit le supérieur en empoignant le livre.

— Il faut que je vous raconte mon père. J'ai été aperçu au village et j'ai dû partir précipitamment, car je crois que quelqu'un annonçait la mort du père Gabriel.

Le visage de l'abbé devint soucieux, et son silence inquiéta le moine :

— *Je suis désolé mon père, j'ai échoué dans ma mission. Veuillez me pardonner, je ne suis plus digne de votre confiance.*

Nicolas de Monfreid l'observa un moment avant de répondre d'une voix si posée, que le jeune religieux en fut surpris :

— *L'heure tardive a dû les arrêtés. Ils ne seront pas là avant demain. Nous ne craindrons rien d'ici-là. Va te reposer quelques heures. Je veux te confier une nouvelle mission, et je sais que tu me prouveras que, contrairement à ce que tu crois, tu es digne de ma confiance. Approche-toi, je vais te révéler un secret.*

Silencieux, il écouta l'histoire que lui narra l'abbé.

Plus tard, cette nuit-là, à la lueur de la lune, on pouvait apercevoir une ombre. Elle portait un paquet bien enveloppé et sortit par une petite porte camouflée du monastère.

Seul un murmure se fit entendre :

— *Que Dieu soit avec toi, frère Martial !*

5

Après avoir déposé ses affaires dans la chambre d'hôtel, Tom rejoignit Sean au bar. Ce dernier fit appeler un taxi, qui les emmena sur les lieux de l'attentat. Sur place, Tom mitrailla le secteur avec son appareil photo. Seules des traces noircies à l'endroit où avait été garée la voiture piégée, ainsi qu'un mur à moitié écroulé, indiquaient des signes d'explosion. Des centaines de fleurs jonchaient le trottoir, en mémoire des deux victimes. Des policiers faisaient des marquages au sol et semblaient examiner chaque détail de la route. Le photographe s'approcha, afin de mieux les cadrer dans son objectif.

— Que faites-vous là ? reculez !

L'homme qui s'adressait à eux était habillé en civil et, son air patibulaire montrait qu'il serait difficile de coopérer avec lui. Sean prit les devants :

— Nous sommes journalistes au Daily Mail. Nous sommes ici pour un reportage. Tenez, voici ma carte.

— Vous n'avez rien à foutre ici. Vous entravez notre enquête. Reculez, je vous dis, ou j'appelle mes hommes.

Sean leva les bras en l'air comme pour capituler, puis donna une tape à son coéquipier, avant de lui chuchoter :

— Obéissons, il ne faut pas se le mettre à dos.

Puis, haussant le ton à l'intention du policier en civil :

— Pas de problème, nous nous éloignons.

À ce moment, un agent en uniforme accourut vers l'homme à la mine patibulaire :

— Chef, nous avons un problème. Nous venons de recevoir un message radio. La chaîne Sky News a reçu un appel revendiqué par la True IRA, qui annonce la présence d'une bombe devant le Mark & Spencer du centre de Belfast.

— Appelez vite Sanders, qu'il envoie des renforts. Il faut évacuer la foule sur Holster Street, et établir un périmètre de sécurité !

Puis, se tournant vers les auxiliaires qui fourmillaient autour de lui :

— Vous autres, tous dans les véhicules ! Nous avons besoin de tout le monde !

Quelques secondes suffirent pour que la rue soit à nouveau déserte.

Dès qu'ils eurent disparu, Tom héla un taxi :

— C'est une aubaine de s'être trouvés là, au bon moment. On le tient, notre article, s'écria-t-il en tapant dans la main de Sean et sentant monter l'adrénaline.

— Ouais, c'est le mot !

La panique se fit sentir dès que le taxi entra dans Belfast. Les trottoirs grouillaient de monde courant dans tous les sens.

La circulation, en temps normal fluide à cette heure de la journée, était devenue très dense.

Des bouchons se formaient. Le taxi était bloqué depuis quinze minutes et les deux journalistes commençaient à s'impatienter.

— On est loin encore ? demanda Tom.

— Environ cinq cents mètres, mais j'ai bien peur de ne pouvoir vous conduire plus loin. Regardez là-bas, les policiers sont en train de dresser un barrage.

— OK, on vous règle et on continue à pied ! continua Tom.

Ils eurent beaucoup de mal à se faufiler au travers d'une foule qui venait en sens inverse.

Des agents les arrêtèrent avant le barrage qu'ils venaient d'achever :

— Reculez, vous ne pouvez pas passer, le quartier est bouclé ! lança l'un d'eux.

Sean sortit sa carte de journaliste :

— Nous travaillons pour le Daily Mail et enquêtons sur la True IRA. Nous devons absolument nous rendre sur place !

— J'ai ordre de ne laisser passer personne, que ce soit des journalistes ou non ! Tout le quartier est bouclé et le magasin est vide. On a fait évacuer tout le monde sur cette place en attendant les démineurs.

Sean et Tom orientèrent le regard vers la place que leur indiquait le policier d'un geste de la main. Au bout d'une ruelle, on apercevait un groupe de personnes discutant entre elles.

— On peut, malgré tout, les interroger pour notre enquête, connaître les détails de leur évacuation ? On vous promet de ne pas aller plus loin, lança Sean.

— De toutes façons, vous ne pourrez pas approcher plus, ajouta le policier en dégageant une barrière.

Ils arrivèrent sur la place d'où l'on pouvait apercevoir le grand magasin. Des voitures de police, par dizaines, étaient garées et bouchaient la rue. La foule semblait docile, chacun prenant son mal en patience, dans l'attente de pouvoir regagner les lieux. Un coup d'œil circulaire et ils aperçurent un groupe de jeunes gens vêtus d'un tee-shirt aux couleurs du magasin.

Sean dit à Tom :

— Essaie de réaliser des photos des démineurs. Moi, je vais interroger les jeunes là-bas !

Sean n'eut aucun mal à les faire parler. Les salariés étaient excités par l'événement et ne demandaient pas mieux que d'être interrogés.

— Vous n'avez pas eu peur ? s'enquit finalement Sean.

— Oh non, m'sieur. On ne nous a rien dit avant d'être dehors. Dites, il va paraître quand, cet article ?

Sean sourit :

— C'est plutôt un reportage sur l'Armée Républicaine Irlandaise. Il devrait paraître dans le journal dimanche prochain.

À ce moment, Tom apparut dans son champ de vision. Son visage était devenu blême. Il semblait souffrir. Sean se rua vers lui. Lorsqu'il arriva à sa hauteur, ce dernier, courbé, était appuyé contre le mur.

— Qu'est-ce qui se passe ? Cela ne va pas ? demanda le journaliste.

— Si, si, ce n'est rien. Juste une douleur en bas du dos, cela m'arrive parfois. C'est fini, maintenant.

— Tu as pu saisir des choses valables ?

— Euh, oui, heureusement que j'avais un bon objectif. J'ai réalisé des photos des démineurs en tenue. On peut partir.

— Quoi ? Maintenant ? Mais ce n'est pas fini. Il faut rester sur les lieux jusqu'à la fin ; on ne doit rien rater. Qu'est-ce qu'il t'arrive ? C'est comme ça que tu bosses ? Je te croyais l'élite des reporters de guerre. Celui qui fonce au péril de sa vie pour effectuer les meilleures photos !

— Je ne sais pas comment t'expliquer cela, mais j'ai un mauvais pressentiment. Il faut partir d'ici.

Sean l'observa un moment, ne sachant que penser, avant de répondre :

— Et parce que tu ne te sens pas bien, on doit tout lâcher ? Pars si tu veux ! Moi, je reste, lança-t-il d'une voix amère en faisant demi-tour.

Tom le rattrapa par l'épaule :

— Je sais que ce n'est pas facile de prendre mes pressentiments au sérieux, mais je t'assure que je me trompe rarement. C'est grâce à cela que je me suis sorti de situations difficiles et dangereuses.

— Eh bien, cela n'a pas servi à ton copain Marc ! lança Sean, qui regretta presque aussitôt ses paroles.

— T'es qu'un pauvre con de dire ça ! hurla Tom. J'ai essayé, mais il n'a pas voulu m'écouter, tout comme toi.

Intrigués par leurs cris, deux policiers s'approchèrent d'eux. Sean regarda Tom et haussa les épaules, la dernière phrase avait fait son effet et il finit par acquiescer :

— OK, on part, mais j'espère qu'on n'aura pas à le regretter.

— Je l'espère ! Mais pour le moment, il faut quitter les lieux, crois-moi sur parole. Je pressens le danger.

Ils commencèrent à s'engager dans la ruelle afin de regagner l'avenue principale. Les deux policiers les suivirent. Sean resta silencieux quelques secondes avant de demander :

— Comment sais-tu qu'il faut partir ? Et pourquoi ?

— Je t'expliquerai, mais maintenant, il faut nous éloigner au plus vite.

Un des deux policiers les interpella.

— Hep, vous deux, arrêtez !

Au même moment, une détonation se fit entendre ; le bruit assourdissant d'une explosion. Les deux hommes se jetèrent au sol dans le renfoncement d'une porte cochère. Il leur fallut quelques minutes pour revenir à la réalité.

Lorsque Sean releva la tête, Tom était déjà sur pied, le matériel en main.

— Vite, tu voulais ton scoop ! C'est le moment de mitrailler avec mon appareil.

Le journaliste le vit disparaître dans la ruelle. Dans un état second, il ne put le suivre et passa son corps en revue.

Il n'avait rien, juste quelques écorchures. Il se releva doucement, s'aidant d'une main contre le mur. Il resta un moment debout afin de reprendre ses esprits, puis finit par rejoindre la rue principale. Un nuage de poussière s'abattit sur lui. Il remonta son tee-shirt sur son nez, et commença à avancer. Les deux policiers étaient étendus parmi des gravats. Des sirènes hurlaient de toutes parts, et des gens couraient en criant, recouverts de sang.

Hébété, les bras le long du corps, Sean ne pouvait détacher ses yeux de ce paysage de désolation qui se présentait devant lui. La place ensoleillée, où il se trouvait quelques minutes plus tôt, s'était transformée en un champ de bataille. Des décombres, parmi lesquels se trouvaient des corps... Et cette poussière qui l'empêchait de respirer.

Des gens qui fuyaient le bousculèrent. Il sentit la panique l'envahir lorsque, enfin, il aperçut Tom courant vers lui.

— La bombe a explosé sur la place ! Il y avait une voiture piégée !

Sean ne réagissait pas. Tom dut le prendre par le bras et le tirer jusqu'à l'avenue. Une fois à l'abri, Sean sembla reprendre ses esprits :

— Je ne comprends pas. Que s'est-il passé ?

— C'était un coup monté. J'ai entendu les flics ; il n'y avait pas de bombe dans le magasin, mais les terroristes savaient que la foule serait évacuée sur cette place. Ils avaient placé l'engin explosif ici, dans une voiture stationnée.

— Comment l'as-tu su ? Comment as-tu deviné ? interrogea Sean.

— Je t'expliquerai à l'hôtel. Allez, partons d'ici !

6

Frère Martial marcha trois heures durant avant de s'accorder une pause. Par chance, l'enfant dormit tout le long. Il introduisit la main dans sa besace et sentit la gourde rangée à côté du registre du père Gabriel. Si l'enfant se réveillait, il avait de quoi le nourrir.

Mais ses pensées étaient ailleurs. Ce que lui avait raconté l'abbé le terrifiait. Cependant, il devait obéir aux ordres.

L'abbé Nicolas lui avait accordé toute sa confiance en lui attribuant cette mission. Il devait en être digne. Il n'était plus très loin du couvent Sainte-Marie. Là-bas, l'enfant serait en sûreté, loin de la foule qui n'hésiterait pas à le tuer.

À cette heure-ci, les villageois de Saint-Aubin avaient dû arriver au monastère. L'abbé Nicolas devait être aux prises avec eux.

Ils allaient certainement solliciter des explications au sujet de la mort du père Gabriel ainsi que sur sa présence au monastère. Heureusement, il avait emporté le registre. Personne ne pouvait savoir, non personne.

C'est à ce moment que l'enfant se réveilla, faisant sursauter le frère qui s'empressa d'attraper la gourde. L'inquiétude s'empara de lui lorsque le bébé la refusa, et il dut insister à plusieurs reprises avant que le nourrisson n'accepte enfin le breuvage. La faim avait été la plus forte.

Le religieux souffla et le regarda téter. Il avait l'air si innocent ! Comment un petit être si frêle pouvait-il représenter le démon ? Mais, pourtant, ses parents…

À cette pensée, il prit peur. Il lui fallait poursuivre son chemin et se débarrasser au plus vite de ce fardeau. Il mènerait sa mission à bien afin de ne pas décevoir l'abbé, mais aussi et surtout, pour éviter que le malheur ne s'abatte sur lui.

Il fit un signe de croix comme pour conjurer le mauvais sort.

Dès que l'enfant fut rassasié, le moine se remit en route. Aidé des balancements de la marche, le bébé se rendormit très vite.

Une heure plus tard, soulagé, frère Martial frappa à la porte du couvent Sainte-Marie. Une sœur vint lui ouvrir, surprise à la vue de l'enfant.

— Je viens du monastère de Moutier-sur-Saint-Quentin. Je suis le frère Martial et je dois rendre visite à la mère supérieure.

— Entrez mon frère, je vais vous y conduire. Laissez-moi prendre cet enfant, je vais le mettre au chaud dans la pouponnière avec les autres. Nous en accueillons tant chaque année !

Frère Martial fut apaisé et surpris à la fois. L'abbé Nicolas avait raison, les sœurs avaient l'habitude de recueillir des enfants. Il lui présenta le nourrisson et la suivit dans un dédale de couloirs. La sœur toqua à une petite porte. Alors qu'elle l'ouvrait, elle demanda au religieux de patienter dans le couloir. Elle ressortit quelques minutes plus tard, l'enfant toujours dans les bras :

— Vous pouvez y aller, mère Thérèse vous attend.

Elle inclina la tête pour le saluer avant de disparaître. Le religieux entra.

— Asseyez-vous mon fils et racontez-moi votre histoire, lança la mère supérieure en se

levant pour l'accueillir. Mais vous tremblez, vous devez avoir froid ! Je vais vous faire apporter une décoction.

Elle retourna à son bureau et fit tinter une petite cloche. Une jeune nonne apparut presque aussitôt et mère Thérèse lui ordonna de rapporter une boisson bien chaude avec du miel. Elle se dirigea ensuite vers la cheminée et y rajouta une bûche.

— L'hiver n'en finit pas cette année, dit-elle en se frottant les mains. Nous espérons voir l'arrivée du printemps faire fondre la neige. Asseyez-vous près du feu, cela vous réchauffera. Ah ! Voici votre tisane, merci ma fille. Veuillez refermer la porte en partant.

Elle attendit que la jeune nonne soit sortie avant de rejoindre le frère devant l'âtre.

— Allez-y, mon fils, je vous écoute.

Le moine releva la tête. Il était intimidé par cette femme. Elle était pourtant petite et semblait très âgée, mais il ne savait pas comment commencer son récit. Il prit une grande bouffée d'air avant de détourner les yeux vers les flammes qui dansaient dans la cheminée et finit par dire :

— Je vis au monastère de Moutier-sur-Saint-Quentin, à quatre heures d'ici, avec l'abbé Nicolas de Monfreid. C'est lui qui m'envoie.

À ces mots, la mère supérieure afficha un sourire qui lui radoucit le visage :

— Ce brave abbé, comment va-t-il ?

— Bien ma mère, du moins je l'espère.

— Comment cela ? Dites-moi tout !

— Il y a deux nuits, le père Gabriel, prêtre du petit village de Saint-Aubin, s'est rendu au chevet d'une femme qui vivait dans la forêt dans une petite chaumière. Il a baptisé l'enfant qu'elle venait de mettre au monde, celui avec qui je suis venu. La même nuit, il y a eu un incendie d'une grande ampleur et la forêt a entièrement brûlé. Toute la population s'est unie pour éviter que le village ne soit réduit en cendres. La pauvre femme qui avait mis au monde l'enfant est morte de ses blessures. Auparavant, elle a réussi à le sauver en l'emmenant chez le père. Ce dernier a marché toute la nuit pour le mettre à l'abri au monastère. Le froid et la fatigue ont causé son décès. Son cœur s'est arrêté de battre.

La mère supérieure se signa. Le moine continua :

— Je suis retourné au presbytère du père afin de récupérer le registre des naissances, sur l'ordre de l'abbé. Malencontreusement, j'ai été vu par quelqu'un. Puis les gens du village ont été informés de la mort de leur prêtre. Cela a

certainement éveillé les soupçons et l'abbé Nicolas m'a envoyé mettre l'enfant à l'abri ici, avant que les villageois n'arrivent au monastère.

Le jeune moine se tut et but une gorgée de sa tisane. La mère supérieure prit un air surpris.

Elle eut un moment de réflexion avant de rompre le silence :

— Je ne comprends pas, mon fils. Pourquoi dissimuler l'existence de cet enfant ? Peut-être que quelqu'un l'aurait recueilli ! Y aurait-il quelque chose d'autre que vous ne m'avez pas dit, mon fils ?

Frère Martial releva la tête et esquissa un signe de croix. Il se racla la gorge et reprit, d'une voix à peine audible. La religieuse dut se rapprocher pour entendre.

— Ce que je ne vous ai pas dit ma mère, c'est que cet enfant est issu de l'accouplement d'une femme qui se servait de la magie. D'une sorcière et d'un homme qui avaient pactisé avec le diable.

La mère supérieure émit un cri étranglé et se signa :

— Que dites-vous mon fils ! Vous m'effrayez !

Voyant la religieuse effarée, le jeune moine reprit confiance et continua d'une voix claire :

— C'est la vérité ma mère. L'homme a été tué avant la naissance de l'enfant par les villageois. Il était accusé de satanisme et de sorcellerie. La femme vivait recluse dans la forêt, et seul le père Gabriel allait la voir.

Frère Martial se leva et attrapa sa besace d'où il extirpa le registre qu'il posa sur le bureau avant de revenir devant la cheminée. La religieuse le suivit du regard et attendit qu'il poursuive son histoire.

— Voilà pourquoi le père Gabriel a voulu préserver l'enfant. Les villageois l'auraient tué. L'acte de baptême est dans ce registre, uniquement dans celui-ci. Le prêtre ne l'a pas signalé dans l'acte officiel réservée au greffe du bailliage, afin de ne point ébruiter cette naissance. Avant de mourir, le père Gabriel nous a confié la mission de protéger ce nourrisson. L'abbé Nicolas en a fait un devoir. Et c'est pour cela que je suis ici, pour vous confier l'enfant avant que les habitants de Saint-Aubin ne découvrent la vérité. S'il était resté au monastère, ils l'auraient trouvé et Dieu seul sait ce qu'il se serait passé.

Il se tut. La mère se leva, se dirigea vers son bureau pour prendre le registre et l'enferma dans un tiroir :

— *Dites à l'abbé Nicolas qu'il peut être serein. Je veillerai sur cet enfant. Nous suivrons les traces de ce pauvre père Gabriel qui doit nous regarder de là-haut. Nous prierons pour lui, ce soir.*

— *Merci ma mère. Je pars de ce pas pour annoncer la bonne nouvelle à l'abbé Nicolas.*

— *Pas ce soir, mon fils. Vous avez besoin de vous reposer. Je vais vous conduire à votre chambre. Je vous y ferai apporter à manger. Ce sera beaucoup plus sage. De plus, cela laissera le temps à l'abbé Nicolas de faire partir les villageois. Il ne faut pas qu'ils vous voient.*

— *Merci, ma mère.*

Le jeune moine la suivit, soulagé.

Sa mission était réussie et surtout, il n'avait plus le fardeau de cet enfant né de deux serviteurs de Satan.

7

Tom rejoignit Sean au bar de l'hôtel. Il ne l'aperçut pas tout de suite, ce dernier étant installé à une table basse derrière une plante, presque dissimulé. Le photographe crut tout d'abord être arrivé le premier lorsqu'il entendit son prénom.

— Eh bien, dit-il en s'approchant, tu es en mission secrète pour te cacher ainsi ?

Son sourire disparut quand il vit que son compagnon le fixait sérieusement, lui indiquant ainsi que le moment n'était pas à l'amusement :

— Je me suis installé ici pour être tranquille, car je crois que tu as beaucoup de choses à me raconter, répondit Sean.

Tom fit un signe au garçon et l'interpella, avant de s'asseoir :

— Un scotch s'il vous plaît !

Il prit place dans un fauteuil devant le

47

journaliste et attendit d'être servi avant de commencer :

— Ce que je vais te dire, je ne suis pas en mesure de l'expliquer, c'est comme ça. Des gens sortent de l'ordinaire en effectuant des choses qui nous paraissent incroyables. Des personnes en soignent d'autres, rien qu'avec leurs mains. Certains, avec leur énergie, vont faire bouger des objets. D'autres, et c'est mon cas, vont ressentir le danger sans pouvoir l'expliquer. Tout cela peut paraître incroyable, mais pour tous ces gens pas ordinaires, c'est comme ça. Tout leur vient naturellement.

— Mais qu'est-ce que tu ressens lorsque cela arrive ?

— Physiquement une forte douleur. C'est presque insupportable. Pour le reste, je n'en sais trop rien... Peut-être une espèce de peur, quelque chose qui me dit qu'il faut que je parte, sans savoir pourquoi. Juste une prémonition sur un danger quelconque.

— Une sorte de sixième sens en quelque sorte ?

— En tout cas, un sens nouveau. Peut-être l'ai-je acquis par expérience, à force de côtoyer le danger. Je m'en suis rendu compte il y a deux ans lors d'un reportage en Afrique. Je prenais des photos dans un village où toute la population avait été décimée par des révoltés du gouvernement, qui pillaient, tuaient quiconque se trouvait sur leur chemin. Et puis j'ai ressenti une terrible douleur dans le dos, associée à une immense peur. C'était à un point tel que j'ai dû fuir dans la jungle, comme pour me mettre à l'abri d'un assaillant invisible. Je suis resté caché un bon moment, ne trouvant pas le courage de revenir... Je n'ai pu qu'assister, impuissant, au meurtre de mon chauffeur et des deux soldats qui m'accompagnaient et qui avaient refusé de me suivre. Les insurgés étaient revenus sur leurs pas sans faire de bruit et leur avaient tout simplement tranché la gorge...

Il avala une gorgée avant de continuer :

— Tu vois, c'est arrivé comme ça. J'ai ressenti comme un besoin de fuir, je ne sais pas pourquoi.

— C'est fréquent ?

— Trop à mon goût et j'en suis effrayé, sans compter les soucis que cela engendre et les histoires que cela amène.

— En tout cas, tu nous as sauvé la vie. Merci. J'en suis encore retourné. Je ne sais pas comment tu fais pour rester calme après ce que nous avons vécu.

— Je ne suis pas aussi à l'aise que tu crois. L'expérience m'a endurci et j'arrive à passer outre pendant l'action. Mais lorsque je me retrouve seul le soir avant de m'endormir, toutes les images me reviennent en boomerang et quelquefois, c'est très pénible à supporter... Avec Marc... Avec Marc, nous parlions beaucoup après chaque reportage afin d'évacuer au maximum nos angoisses.

— Il était au courant de ce don ?

— Oui. Et pourtant...

Tom se tut et regarda par la fenêtre, l'air absent.

— Et pourtant quoi ? répéta Sean, pour le pousser à achever sa phrase.

— Et pourtant, il ne m'a pas écouté. Il n'est pas descendu de la moto pour rentrer dans l'hôtel comme je le lui demandais... Et il est mort !

Il replongea dans ses pensées. Sean respecta ce silence et commanda deux autres scotchs. Il en avait besoin, ayant du mal à se remettre des derniers événements et il sentait bien que Tom était dans le même état. Ils restèrent ainsi quelques minutes, sans articuler un mot. Cet échange avait ravivé des souvenirs pour le photographe.

Il était vingt heures lorsque Sean annonça à Tom son intention d'aller dîner.

— Vas-y seul, répondit ce dernier. Je préfère recommander un scotch.

— Tu ferais mieux de venir avaler quelque chose de consistant avec moi, insista Sean. Je n'ai pas envie de te laisser seul.

— Laisse-moi tranquille maintenant, rétorqua le jeune homme, je n'ai aucunement besoin de ta compassion. J'ai envie de rester seul.

— Hé mollo, mec ! Moi aussi, j'ai passé une journée de merde !

— Alors, tu peux comprendre que j'aie envie de rester seul ! On est ensemble que pour le boulot, c'est tout ! Alors fous-moi la paix et casse-toi.

Blême, Tom se leva et empoigna son blouson. Il bouscula la plante qu'il rattrapa de justesse avant qu'elle ne tombe. Il partit sous les regards étonnés des convives de la salle qui avaient assisté à la scène, alertés par ses cris.

Sans prendre la peine d'attendre l'ascenseur, il monta les escaliers deux par deux.

Lorsqu'il arriva devant la porte de sa chambre, il resta stupéfait en voyant la clé qu'il tenait dans la main. C'était celle de Sean !

Après la sortie fracassante qu'il venait de faire, comment pouvait-il dignement et sans perdre la face, revenir pour changer ces fichues clés ? Il jugea la scène grotesque, ou plutôt, il se trouva ridicule.

Il s'appuya contre la porte de sa chambre pour réfléchir à la situation dans laquelle il s'était mis. Le mieux était d'éviter Sean et de laisser sa clé à la réception pendant qu'il irait marcher pour se calmer. De cette façon, il n'aurait pas à l'affronter.

Il monta dans l'ascenseur, espérant éviter Sean. Malheureusement pour lui, son collègue attendait dans le hall désertifié. Seul un employé classait des papiers derrière le comptoir de l'accueil.

Le journaliste, en colère, voulait mettre les choses au point. Il savait que Tom allait redescendre, s'étant aperçu de l'échange de clés. Les portes de l'ascenseur s'ouvrirent et le photographe en sortit.

Sean s'avança vers lui.

— Je croyais que les choses avaient été claires dans l'avion ? Je sais, je ne suis pas Marc. Je suis Sean et non, je ne remplace pas ton ami ! S'il est mort, je n'y suis pour rien ! Une chose est sûre, c'est que nous sommes là pour le boulot et que nous sommes obligés de nous côtoyer pour cela. Je ne vais pas arrêter ni de vivre, ni de te parler parce que je ne suis pas Marc. Ne me mêle pas à tes histoires !

Tom hésita, prit ses clés des mains de Sean, posa les siennes sur le comptoir et s'engouffra dans l'ascenseur. Les portes se refermèrent sur lui sans qu'il jette un regard à Sean. Le journaliste haussa les épaules et sortit dans la rue. Il dîna seul dans un restaurant voisin de l'hôtel. La colère qu'il ressentait envers Tom était toujours présente quand il regagna sa chambre.

Dans le couloir, tout était paisible et il colla une oreille contre la porte de Tom. Entendant le son de la télévision, il hésita à frapper. Il se ravisa et tout en haussant les épaules, il se dirigea vers sa chambre :

— Qu'il aille au diable ! pensa-t-il.

Le lendemain matin, Sean descendit pour prendre son petit déjeuner de bonne heure. Absorbé par la lecture d'un journal qui traînait sur la table, il sursauta quand Tom le rejoignit en disant :

— Je peux ?

Le journaliste le regarda s'asseoir et commander un café avec un croissant, avant de replonger dans sa lecture.

— Ils parlent de l'attentat d'hier ? s'enquit Tom.

— Oui, ils ne parlent que de cela. Il y a eu beaucoup de victimes, vingt morts et soixante-deux blessés. C'est un miracle que nous nous en soyons sortis. Heureusement, la voiture n'était pas au milieu de la foule, mais dans un coin de la place. La True IRA a revendiqué l'attentat. L'armée britannique est sur les dents. Le chef de la police de Belfast a annulé notre rendez-vous de ce matin.

— Avec ce qu'il s'est passé hier, normal.

— La bonne nouvelle est qu'il nous laisse fouiller dans leurs archives. Sa secrétaire nous attend à dix heures.

Tom hocha la tête pour approuver. Le serveur lui apporta sa commande. Il avala une gorgée de son café fumant et se cala dans son fauteuil. Il observa Sean qui venait de replonger dans sa lecture avant de l'interrompre :

— Je tenais à m'excuser pour hier, j'ai agi comme un égoïste une nouvelle fois.

— C'est oublié, répondit le journaliste sans relever la tête.

— Je t'en voulais pour la mort de Marc, j'avais peur que tu prennes sa place, et j'avais surtout besoin de rejeter ma colère sur quelqu'un.

— Eh bien, je comprends mieux pourquoi tu

es célibataire. Si tu les repousses toutes comme tu m'as jeté !

Tom réprima un léger sourire. Sean releva la tête.

— Avale ton petit déjeuner. Il est déjà plus de neuf heures.

Un peu plus tard, ils arrivèrent au poste de police.

La secrétaire, une jolie brune, les accompagna dans les sous-sols du bâtiment. Elle leur indiqua les boîtes d'archives concernant l'IRA, depuis sa création au début du siècle dernier, qu'ils pouvaient consulter librement.

— Vous trouverez tout l'historique dans cette première boîte, dit-elle en la tendant à Tom. Ces six autres contiennent les attentats des cinquante dernières années, ainsi que les arrestations et les témoignages.

Puis elle leur demanda ensuite de la suivre dans un bureau proche du sien :

— Vous serez bien ici. Si vous avez besoin de quoi que ce soit, je suis à côté. Faites-moi dès que vous aurez terminé. Ah, j'oubliais ! Il y a une machine à café au bout du couloir, leur dit-elle en refermant la porte derrière elle.

Sean et Tom regardèrent les boîtes qu'ils venaient de poser sur la table. Stylo et calepin en main, ils entreprirent de décortiquer les dossiers. Trois heures plus tard, Tom se proposa d'aller chercher des sandwiches, prétextant que la faim l'empêchait de réfléchir.

Ils les mangèrent tout en travaillant, chacun prenant des notes de leurs découvertes. Plongés dans leur lecture, ils ne virent pas le temps passer et ils furent surpris lorsque vers dix-sept heures, la secrétaire toqua à la porte :

— Je suis désolée, mais je dois m'en aller et je dois remettre les cartons aux archives.

— Pas de problème, nous avions justement terminé, répondit Sean qui commençait à rassembler les documents.

Ils remercièrent la jeune femme. Tom réalisa que Sean était un excellent séducteur quand il l'entendit l'inviter à boire un verre avec nous. Cette dernière déclina l'invitation et ils se séparèrent dans le couloir.

Lorsqu'ils furent sur le trottoir, Tom se tourna vers Sean :

— Il fait encore grand jour. J'aimerais faire un tour sur Holster Street pour voir si je peux à nouveau prendre quelques photos. Tu n'as qu'à rentrer, je te retrouve vers vingt heures dans le hall de l'hôtel pour le dîner.

— J'aimerais plutôt t'accompagner. Je crois que j'ai besoin de retourner là-bas.

— OK, répondit Tom en hélant un taxi.

A leur arrivée, des barrières bloquaient l'accès à la place. Des policiers montaient la garde. Le trottoir était jonché de fleurs, déposées par la population en signe de soutien aux victimes. Une foule de curieux se pressait contre les barrières afin de distinguer le moindre détail. Des policiers en civil et en uniforme parcouraient sur la place, cherchant le moindre indice. Tom prit quelques clichés des policiers avant de se tourner vers Sean.

— Je crois que j'ai fait tout ce que je pouvais. On peut rentrer si tu veux.

— Oui, je préfère aussi. L'ambiance ici ne me plaît pas.

Ils rentrèrent à l'hôtel et décidèrent de dîner dans la salle à manger. Pendant le repas, ils travaillèrent sur les notes qu'ils avaient prises durant la journée. Ils avaient désormais une enquête assez détaillée sur l'IRA. Les photos de l'attentat viendront illustrer l'article et ils étaient satisfaits de leur travail.

Ils passèrent le reste de la soirée dans la chambre de Sean, sirotant une bière tout en discutant de leur reportage. Les deux hommes commençaient vraiment à s'apprécier. Il était déjà minuit lorsqu'ils se séparèrent.

Le lendemain, ils prirent l'avion et se rendirent directement au Daily Mail pour finaliser leur travail.

8

Quatre-vingt-dix-neuf ans après la naissance d'Antoine Talban…

Le 16 juin 1665 demeura une date mémorable pour Séraphin. Tout avait commencé une quinzaine d'années auparavant. Il vivait alors dans une cabane non loin d'un petit village suisse, en plein cœur des Alpes.

Son enfance avait été marquée par le décès prématuré de ses parents, morts dans un accident de charrette, sur un sentier escarpé. Le cheval s'était emballé. La charrette s'était renversée sur un sentier escarpé, chutant d'une vingtaine de mètres, tuant sur le coup son père, sa mère et son grand-père Antoine Talban. Séraphin n'avait que cinq ans.

Le curé du village l'accueillit dans un premier temps avant de lui trouver une famille. Celle-ci se composait de deux braves gens, assez âgés, qui n'avaient jamais pu avoir d'enfants. Ils habitaient un chalet à l'écart du village et élevaient quelques vaches et volailles. Cette activité leur permettait de subsister en revendant des œufs, du lait ou quelques poules au marché de la ville voisine. La femme s'occupait des animaux et de la maison, tandis que l'homme avait la charge du jardin et vendait les produits chaque samedi. L'arrivée de Séraphin dans la maison fut une véritable fête.

Josette, la femme, prépara un dîner délicieux pendant que Pierre, l'homme, taillait un personnage dans du bois pour l'offrir à l'enfant. Ceux qui connaissaient le couple auraient été étonnés de les entendre rire et parler autant, la monotonie ayant pris place dans la maison depuis tant d'années. Séraphin, assis sur une petite chaise près de la cheminée, observait le vieil homme. Il suivait chacun de ses gestes, réguliers et précis et qui transformaient ce bout de bois en une statuette. Bien qu'il trouvât le couple gentil, il ne ressentait rien. Il était là, un point c'est tout.

C'était tout de même mieux que chez le curé où il s'était ennuyé. Ici, au moins, il y avait des animaux et le vieil homme lui avait promis de l'emmener chercher les œufs dès le lendemain matin. Il lui avait aussi dit qu'il pourrait caresser les lapins.

La vieille femme s'adressa à lui :

— Tu dormiras sur la paillasse derrière cette couverture, comme cela, tu seras près du feu et tu auras moins froid. Cela te plairait-il de m'aider à faire des galettes de maïs ?

Séraphin fit oui d'un signe de la tête. Il n'avait pas osé la contredire alors qu'il aurait préféré rester avec l'homme âgé à le regarder sculpter le bois. À contrecœur, il se leva et se dirigea vers la table pour aider la vieille femme. Josette lui sourit et poussa la jarre vers lui. À l'intérieur, il y découvrit une pâte épaisse et grasse. Il hésita, il n'avait pas envie de tremper ses mains à l'intérieur.

Josette remarqua son hésitation et en souriant, elle lui dit :

— Allez, attrape une boule que tu malaxes bien. J'y ai ajouté de la graisse d'oie pour que ce soit meilleur. Aujourd'hui, c'est jour de fête et l'on va manger un bon repas.

Séraphin introduisit sa main et fit la grimace. La texture était gluante, mais il ne voulut pas vexer la vieille femme et il obéit.

Le repas se passa dans le calme. Josette et Pierre observaient l'enfant manger goulûment, épiant le moindre de ses mouvements. Ils étaient heureux. À la fin du repas, Pierre retourna au coin de la cheminée, pendant que Josette finissait de débarrasser la table. Séraphin avait repris sa place à côté du vieil homme, attendant que celui-ci ait fini sa sculpture. Une heure plus tard, ce fut chose faite et Pierre tendit son œuvre au petit garçon. La statuette représentait une vache. À la vue de l'objet, Séraphin écarquilla les yeux. Son visage rayonnait de joie. Il prit l'objet et courut se réfugier sur la paillasse où il dormait. Le bonheur de l'enfant fut le plus beau des remerciements pour Pierre. Josette, non loin d'eux, qui guettait la réaction de l'enfant, dit :

— Il est tard maintenant Séraphin. Mets-toi en chemise de nuit et couche toi. Demain, je te donnerai un bain et tu iras aider Pierre à l'étable. Tu dois apprendre le travail.

Séraphin s'exécuta et se coucha, non sans oublier de mettre la statuette à l'abri sous la paille de sa couche. Il entendit quelques bribes de conversation et s'endormit très vite.

Quand il se réveilla, le lendemain, le vieil homme était déjà levé et au travail. Seule Josette était là. Sur la table, un bol de lait chaud l'attendait avec des tartines. Il courut s'asseoir sous les éclats de rire de Josette.

— Eh bien, tu as faim ce matin ! Mange ! L'eau dans le chaudron pour ton bain est bientôt prête.

Laissant Séraphin déjeuner, elle s'occupa de l'eau qui bouillait dans la marmite accrochée à la cheminée et en déversa le contenu dans une grande bassine en fer. Lorsque Séraphin eut fini de déjeuner, elle entreprit de le déshabiller. Quand il fut nu comme un ver, elle poussa un cri de surprise et se signa. Elle recula. Séraphin ne comprit pas. Il la regarda se diriger vers la porte et appeler Pierre qui accourut presque aussitôt.

— Regarde, lui lança-t-elle en pointant l'enfant du doigt. Regarde son dos !

L'homme s'approcha de l'enfant et l'attrapant par le bras, lui fit effectuer un brusque demi-tour. Il lui lâcha le bras et fit un pas en arrière, alarmé par la situation.

— Habille-toi, cria l'homme à Séraphin, je te ramène chez le curé !

La voix puissante de l'homme effraya le pauvre enfant qui s'exécuta sans tarder. Il ne comprenait pas ce qu'il se passait, mais il voyait bien que les adultes étaient en colère. Il avait dû faire quelque chose de grave. Apeuré,

Séraphin enfila son pantalon en tremblant et termina par son manteau en peau de chèvre. L'homme lui fit signe de le suivre dans la charrette. Séraphin osa un regard vers la femme qui se tenait dans l'encadrement de la porte et qui se signait une nouvelle fois.

Une heure plus tard, le vieil homme et l'enfant arrivèrent au presbytère. L'homme ne lui avait pas adressé un mot et le jeune garçon n'avait rien osé dire de peur de provoquer une colère immense en lui. Le père Matthieu était dans son jardin. Pierre cria à son intention :

— Père Matthieu, reprenez ce fils de Satan. Comment l'avez-vous laissé entrer dans notre demeure ?

En entendant ses cris, le prêtre releva la tête. Le temps qu'il réagisse, l'homme l'avait rejoint, laissant Séraphin dans la charrette.

— Calmez-vous, mon fils, parvint à dire le prêtre. Que s'est-il passé ? L'enfant vous a fait des misères ?

— Pire que cela, mon Père et vous le savez ! Viens, toi ! dit-il en s'adressant à l'enfant.

De peur, Séraphin tomba presque de la charrette. Il se releva et s'avança craintif vers le vieil homme sans oser toutefois l'approcher. Ce dernier le tira par le bras. Les larmes lui montèrent aux yeux quand il sentit l'homme lui relever ses vêtements. Il ferma les paupières et l'entendit hurler :

— Et cela, ce n'est pas le signe du démon ?

— Mais mon fils, c'est juste une malformation…

— Une malformation ? Damnation ! Il aurait un bras en moins ou un bec-de-lièvre, là, je dirais que c'est une malformation ! Reprenez-le, nous ne voulons pas du démon chez nous.

Sur ce, il repoussa l'enfant et se dirigea vers sa charrette afin de s'éloigner au plus vite. Le prêtre regarda Séraphin qui tremblait sur place, puis s'agenouilla près de lui :

— Ne t'inquiète pas, mon petit, tu vas rester avec moi. On te trouvera une autre famille. Rentre au chaud et va dans ta chambre ; je n'ai rien enlevé, tout est comme quand tu es parti. Repose-toi et tu viendras prier avec moi un peu plus tard.

Penaud, Séraphin rentra dans la maison. Il s'accroupit dans un coin, le cœur lourd, et se mit à pleurer. Il devait être un monstre pour que personne ne veuille de lui. Il voulait sa maman et son papa.

Les jours s'écoulèrent et les mois se succédèrent. L'enfant resta vivre au presbytère, aidant le prêtre dans différentes tâches. Un beau matin, le père Matthieu ramena un chien malade. Ils lui aménagèrent un coin à l'aide d'une vieille couverture près de la cheminée. La pauvre bête ne pouvait plus marcher, ses pattes de derrière étant bloquées.

— Il doit être vieux, murmura le prêtre à Séraphin. Regarde ses membres comme ils sont raides. On va le garder au chaud afin qu'il souffre moins.

Pour toute réponse, Séraphin hurla de douleur et se roula au sol sous les yeux effarés du religieux.

— Que t'arrive-t-il, mon enfant ? Parle-moi ? lui dit-il en le prenant dans ses bras.

Le garçon, tout en se laissant faire, continua de hurler, sa douleur transparaissant dans ses cris. Quelques secondes s'écoulèrent avant qu'il se calme. Les yeux emplis de larmes, il tourna son regard vers le père Matthieu et réussit à dire :

— Mon dos ! Il m'a fait mal, très mal ! À cet endroit-là !

Le petit garçon lui précisa de sa main en pointant de son doigt sur une bosse en bas du dos. Le prêtre eut un mouvement de recul. L'enfant, hébété, le regarda.

— Ce n'est rien, le calma père Matthieu, tu n'auras qu'à te passer de l'eau froide. C'est ta *malformation qui te fait souffrir. Va jouer à présent !*

Sans un mot, Séraphin s'approcha du chien et s'allongea contre lui. Il l'entoura de ses bras, le caressant doucement au bas du dos. Le chien et l'enfant finirent par s'endormir. Père Matthieu les laissa et partit préparer l'église pour la messe.

À son retour, il fut étonné de voir l'animal et Séraphin jouer ensemble. La bête, pleine d'énergie, ne traînait plus ses pattes et aboyait même joyeusement. Le religieux resta éberlué, sur le pas de la porte :

— Qu'as-tu fait au chien ? s'étonna-t-il.

Comme à son habitude, l'enfant se tut, regardant le prêtre avec ses grands yeux innocents. Il recula contre le mur, un peu effrayé du ton que le prêtre avait employé. Père Matthieu ne s'en préoccupa pas et s'approcha du chien. Il lui tâta l'arrière-train et obtint en retour quelques coups de langue affectueux sur la main.

Il se releva, observa l'enfant et lui dit :

— C'est l'heure de la messe, il est temps d'y aller !

9

Tom referma la porte derrière lui.

Il faisait froid et les escaliers du perron étaient gelés. Il avait employé une majeure partie de la nuit à développer des photos de son reportage et voulait les montrer à la réunion de rédaction de ce matin. Pour descendre les marches, il prenait soin de se tenir à la rambarde et de fixer ses pieds, pour ne pas glisser. Il remarqua furtivement la présence d'un prêtre de l'autre côté de la rue. Il semblait regarder dans sa direction. Mais quand il releva la tête, ce dernier avait disparu.

Par chance, un taxi noir arriva à sa hauteur. Le reporter le héla. Il savait que la course coûterait cher, mais il n'avait pas le temps, ni le choix. Il transmit l'adresse au chauffeur et regarda sa montre. La réunion de ce matin était importante.

Au vu de son retard, il s'attendait à des remontrances de la part de son rédacteur en chef.

Ce dernier était nommé Droopy par tous, en rapport avec les cernes et les poches qu'il avait sous les yeux.

Le taxi remonta Belgrave Place. La circulation était fluide et le chauffeur mit peu de temps à atteindre King's Road. Les choses se compliquèrent en approchant du carrefour de Grosvenor Place. Le véhicule resta bloqué cinq minutes.

Tom commençait à s'impatienter.

— Pourquoi on n'avance pas, qu'est-ce qu'il se passe ? pesta-t-il.

— Cela bloque toujours un peu vers cette heure-ci, mais jamais aussi longtemps qu'aujourd'hui, répondit le chauffeur en ouvrant sa portière.

L'homme étendit une jambe au-dehors et essaya de voir au loin ce qui pouvait bien être la cause de cet embouteillage. Il rentra presque aussitôt dans l'habitacle et se frotta les mains pour les réchauffer, avant de se tourner vers Tom :

— Il y a eu un accrochage entre des voitures, il me semble. Je pense que l'on en a pour un moment.

— Je ne peux pas attendre. Il faut à tout prix que je parte. Je vais descendre ici et essayer d'attraper un autre taxi un peu plus loin.

— Comme vous voulez !

Tom paya sa course, descendit et remonta la file de voitures. Effectivement, au milieu du carrefour, avait eu lieu un accident et la voix des conducteurs en colère était couverte par le bruit des klaxons. Ceux qui essayaient de forcer le passage malgré tout ne pouvaient aller plus loin.

C'était une grande pagaille dans tout le secteur. Heureusement, on entendait se rapprocher la sirène de la police qui venait régler la situation en urgence. Le palais de Buckingham étant à proximité, les autorités devaient fluidifier la circulation et faire taire tous ces avertisseurs.

Au pas de course, Tom se fraya un chemin parmi les voitures, traversa St-James Park et arriva sur The Mail.

Une douleur, partant du bas du dos, lui traversa le corps au point qu'il dut s'écrouler sur le banc qui se présentait devant lui. Cela ne dura que quelques secondes, mais la souffrance était horrible. Quand le mal se calma, il expira par petits à-coups.

Il ne savait pas pourquoi il avait mal ainsi. Malgré de nombreux examens, jamais aucun médecin n'avait pu en élucider la cause. Il se releva, fit signe au premier taxi qu'il trouva et put ainsi arriver sans encombre au journal. L'accueil que lui fit son rédacteur en chef fut au-delà de ce qu'il avait imaginé. Il n'eut pas le temps de prendre place autour de la table que Droopy hurla :

— Tu ne possèdes aucune conscience professionnelle ! Tu fais perdre du temps à une équipe qui ne peut travailler s'il manque un maillon ! Je ne peux pas gérer chacun d'entre vous !

Tom fut sauvé par l'arrivée d'une secrétaire qui apportait le café. Le temps du service détendit l'atmosphère. Un coup d'œil au tableau blanc permit à Tom de comprendre que des équipes avaient déjà été formées pour divers reportages.

Il lança un regard circulaire aux personnes présentes autour de la table. En face de lui se tenait Carlton, épiant chacun derrière ses lunettes tamisées. C'était le bras droit de Droopy et tous s'en méfiaient. Carla, une femme ravissante qui s'occupait surtout de la partie « people », était assise à sa droite. Puis venait Peter, d'allure athlétique, journaliste ambitieux fou amoureux de Carla, sans jamais lui avoir déclaré sa flamme.

À gauche de Droopy se tenait Sean, tête baissée sur ses notes et qui semblait être en pleine réflexion. Il fut interrompu par John Hirton qui lui chuchota quelques mots.

Tom avait déjà travaillé avec Hirton, mais n'avait pas apprécié son côté personnel, voulant tout gérer.

Son frère Jack était assis à côté de lui. Il était beaucoup plus jeune et était une récente recrue au journal, que John prenait plaisir à diriger. Cindy, une grande femme maigre au rire de chèvre se tenait à droite de Tom. Il ne s'était jamais entendu avec elle, la trouvant trop prétentieuse et professionnellement minable.

— Bon, revenons à nos moutons, lança le rédacteur en chef, en fixant le photographe sévèrement. Il me manque quelqu'un pour couvrir la grève des routiers en France avec Sean.

À son regard, Tom comprit que le choix était fait. Il considéra cela comme une punition. Le sujet ne l'intéressait nullement, mais il savait qu'il n'était pas en position de force. Il regarda Sean qui lui adressa un sourire.

L'idée de travailler à nouveau avec lui ne lui déplaisait pas et lui remonta même un peu le moral.

Aussi s'entendit-il dire :

— OK, ça me va !

— Bon, eh bien, vous partez le plus tôt possible. Le début de la grève est annoncé pour demain soir. Allez voir Élisabeth, elle s'occupera de vos billets de train. Est-ce que c'est OK pour tout le monde ? Alors messieurs-dames, bonne chance et ramenez-moi tous l'article du siècle !

Chacun commençait à se lever lorsque la porte s'entrouvrit, laissant apparaître Charly, un ancien de la maison.

— Chef, je pars immédiatement avec mon équipe au Palais de Buckingham. Une bombe a explosé, je ne sais pas s'il y a des victimes.

— Tu as carte blanche, file ! cria le rédacteur

en chef.

Cette nouvelle déclencha un brouhaha parmi les journalistes, chacun interprétant l'événement à sa manière. Les uns incriminant un mouvement islamiste extrémiste, d'autres l'IRA. Beaucoup enfin s'indignant que l'on ait voulu toucher à la reine. Les conversations allaient bon train alors que chacun quittait la pièce. Sean demeura le dernier à sortir. Il observait Tom qui ne bougeait pas, le regard vague. Quand il arriva à la porte, il se tourna vers le photographe.

— Un problème ? Je sais que tu préfères plus d'action qu'une grève chez les mangeurs de grenouilles, mais…

— Non, ce n'est pas ça. Vois-tu, il y a trente minutes de cela, j'étais devant Buckingham Palace.

— Je vois ! Je te connais depuis peu, mais je peux t'affirmer une chose, c'est que la fée chance s'est penchée au-dessus de ton berceau quand tu es né.

Tom éclata de rire :

— Tu as raison. Allez, on a un train à prendre. Ce soir, on va manger des cuisses de grenouilles.

— Pourquoi pas des escargots tant que tu y es ! répondit Sean en faisant la moue.

— Bonne idée ! Comme tu viens de le dire, j'aime l'action et l'aventure ! Et puis cela mettra du piment dans notre reportage qui n'a rien d'exceptionnel, vu que la grève représente une tradition en France. On devrait plutôt nous envoyer en reportage quand ils ne sont pas en train de revendiquer. Là, ce serait un scoop !

Ils quittèrent la pièce en riant. Ils passèrent devant le bureau du rédacteur en chef. Sa secrétaire Élisabeth partageait une pièce à proximité avec une assistante.

— Salut Betty, lança Tom en entrant. Je viens pour les billets de train pour la France.

— Salut ! Oui, vous disposez de deux réservations pour demain midi à Victoria Station, à destination de Paris, où vous prendrez une correspondance pour Marseille. Tout est expliqué dans ce mail.

— Tu es un chou, merci ma belle.

— Oh, juste un petit flacon de parfum de là-bas pourrait faire l'affaire pour un remerciement !

Tom et Sean sourirent et lui firent un clin d'œil avant de sortir.

Ils se séparèrent sur le trottoir après s'être donné rendez-vous devant la gare. Le photographe monta dans un taxi et demanda au chauffeur de se rendre à Buckingham Palace.

Ce dernier lui répondit en secouant la tête :

— Désolé, mais l'accès est interdit.

Les agents avaient ordre de ne laisser passer personne.

— Vous savez ce qu'il s'est passé ? S'enquit Tom.

— Non, mais il semblerait que ce soit un acte de l'IRA. L'organisation l'aurait revendiqué juste après. Par chance, ils n'ont occasionné aucune victime. Je vous dépose quelque part d'autre ?

Tom fournit son adresse. Il en apprendrait plus dans les journaux du lendemain. Pour le moment, il devait préparer sa valise et penser à son reportage.

L'idée de passer la soirée en France ne lui déplaisait pas. Il rentra chez lui en sifflotant.

10

Séraphin avait à présent quinze ans. Il assistait, sans rechigner, le père Matthieu dans toutes les tâches. Il appréciait le prêtre qu'il trouvait juste et toujours prêt à aider son prochain. Celui-ci devenait vieux et était bien content que l'adolescent soit là pour le soulager. Quand on appelait le religieux au chevet de quelqu'un, Séraphin l'accompagnait et l'aidait à marcher quand c'était nécessaire. Séraphin parlait peu, ne posait jamais aucune question et le père Matthieu respectait son silence.

Ce jour-là, alors qu'ils étaient à table, on tambourina à la porte. Une femme entra, c'était la mère Caillot qui demeurait quelques maisons plus loin. Elle vivait seule avec une nichée d'enfants.

— Mon père ! Venez vite, c'est mon petit dernier ! Il est tombé de l'échelle. Sa tête a heurté le sol et il n'a pas repris connaissance !

Sans attendre, Séraphin attrapa le sac du prêtre pendant que celui-ci se levait péniblement. Ils quittèrent la maison, précédés par la mère Caillot. Quand ils arrivèrent dans la chaumière, ils trouvèrent cinq ou six marmots de tous âges debout autour de la couche d'un jeune enfant d'à peine cinq ans. Ce dernier semblait dormir. La femme se mit à pleurer. Le Père Matthieu s'approcha de la couche et congédia les enfants. Il sortit son chapelet, s'agenouilla auprès du lit et se mit à réciter des prières. Les pleurs de la mère redoublèrent.

Séraphin observait la scène. Pendant que le prêtre priait, il s'approcha de l'enfant et s'assit près de lui. Il commença à lui caresser la tête. Quelques minutes passèrent avant que le prêtre et la femme ne se rendent compte de son manège. Ils l'observèrent, quand les yeux du petit s'entrouvrirent. Père Matthieu se signa. La femme, heureuse de voir sa progéniture se réveiller, se jeta sur le lit pour saisir son fils dans ses bras. Elle pleurait à chaudes larmes. Séraphin recula contre le mur et observa le prêtre d'un air interrogateur. Lui-même ne comprenait pas ce qui était arrivé.

Les enfants, attirés par les cris de joie de leur mère accoururent. Ils se précipitèrent sur le lit, heureux de trouver leur petit frère réveillé. Leurs exclamations de bonheur furent arrêtées par des cris rauques. Tous se turent et tournèrent la tête en direction du bruit. Les râles émanaient de la gorge de Séraphin, des sons inarticulés. Sa bouche était humectée de salive et il s'était laissé choir au sol. Les enfants prirent peur et se serrèrent contre leur mère, alors que le père Matthieu se dirigeait vers lui.

Il l'attrapa dans ses bras, contre lui. Il lui parla doucement, le rassura. Le corps du garçon fut pris de tremblements. Le père commença à réciter une prière. Il le savait, la crise allait passer. Il en avait vécu tant. Aux premières, il avait cru que Séraphin était envoûté, mais ce dernier lui montra le bas de son dos qui était la cause de sa souffrance. De là, le père Matthieu en avait conclu que c'était uniquement dû à la douleur de sa malformation et les craintes s'envolèrent.

Comme d'habitude, les tremblements cessèrent. Séraphin regarda le religieux de ses yeux larmoyants. Le prêtre continua de le rassurer.

Puis, sans un mot, il se releva et sortit sous

le regard des enfants effrayés. Il alla attendre le père à l'extérieur.

De retour au presbytère, quand ils furent seuls, le prêtre lui demanda de s'asseoir avant de lui parler :

— Je ne sais pas pourquoi, ni comment, mais je crois que tu es doté d'un don !

Séraphin écarquilla les yeux et le laissa continuer :

— Je crois que tu as la possibilité de guérir les gens. Dieu t'a confié cette mission. Tu te rappelles ce vieux chien que j'avais ramené, il y a quelques années et qui ne pouvait plus marcher ?

Le jeune homme hocha affirmativement la tête :

— Lui aussi, à ton contact, avait retrouvé l'usage de ses pattes.

Le curé se tut et resta un moment ainsi, la tête baissée à fixer le sol.

Séraphin le regardait, attendant une suite qu'il redoutait.

Enfin, le prêtre rassembla son courage et annonça à son disciple :

— La nouvelle va vite se savoir, ainsi que ta malformation et tes crises. Certains croiront que tu as fait un pacte avec le diable. Personne n'admettra un don de Dieu... En conséquence, *vois-tu, je pense que tu dois partir. Ils ne comprendront pas que je te garde avec moi.*

Il regarda Séraphin. Mais comme à son habitude, ce dernier n'exprimait rien. Seule une larme qui coulait le long de sa joue laissait transparaître sa tristesse. Le curé en fut abattu.

Il continua :

— Je suis sincèrement désolé, mon fils. C'est aussi très pénible pour moi de me séparer de toi. Mais nous n'avons pas le choix. Va au plus profond de la forêt et construis une cabane. Je te donnerai quelques bêtes pour pouvoir subvenir à tes besoins, et surtout sache que je serai constamment là pour toi.

Séraphin essuya sa joue et se leva pour attraper ses outils dans la remise. Le père ne le revit pas de la journée, le jeune homme rentra à la nuit et trouva quelques victuailles préparées à son intention. Le lendemain, il se leva, partit avant le réveil du père et ne revint que le soir tard.

Une semaine passa ainsi.

Les commérages allaient bon train dans le village, mais Séraphin l'ignorait, passant ses journées à bâtir une cabane. Le dernier jour, en rentrant, il trouva le vieux prêtre devant l'entrée du presbytère, affairé à nettoyer une croix barbouillée sur la porte. Surpris par la présence de son protégé, le religieux courba la tête. Séraphin lui prit le chiffon des mains, le trempa dans le seau et entreprit de faire partir l'inscription. Quand ce fut fini, il alla faire son baluchon. Père Matthieu l'attendait dans la cuisine.

— Prends ce sac Séraphin, il est plein de victuailles. Dehors, tu trouveras la brouette en bois avec deux caisses. Il y a deux lapins, une poule et un coq. Garde la brouette, je suis trop vieux pour m'en servir à présent.

— Merci, mon père, répondit Séraphin.

Et le cœur gros, il le quitta.

Chaque jour des douleurs indicibles dans le bas du dos le paralysaient. Il s'écroulait sur place en attendant que le mal s'en aille, sans comprendre ce qu'il lui arrivait.

Les mois passèrent sans que Séraphin ne revienne au village. Père Matthieu ne s'en remit jamais et rongé par le chagrin, il s'éteignit seul, dans son sommeil.

Ses obsèques eurent lieu deux jours plus tard. Un prêtre d'un village voisin fut envoyé pour faire l'office. Toute la population était présente, l'église était comble. Puis, après la messe, un cortège interminable se rendit au cimetière à l'arrière de l'église.

Lorsque la cérémonie fut terminée, Séraphin

apparut, sous les regards méfiants de la population. Il s'approcha de la fosse en tenant à la main une fleur blanche qu'il laissa tomber sur le cercueil.

Il se recueillit ainsi quelques instants pendant que la foule commençait à s'éloigner. Tous lui lançaient des regards malveillants.

Cependant, un homme qui semblait hésiter, s'approcha de lui :

— J'ai un enfant très malade, les médecins disent ne rien pouvoir faire.

Séraphin releva la tête. Autour d'eux, les gens observaient la scène en silence. L'homme ravala sa salive et reprit :

— Je n'ai que lui. Sa mère est morte en le mettant au monde. Guéris-le, je t'en supplie ! Je ne veux pas le perdre, je ne m'en remettrai jamais !

Séraphin hocha la tête. La foule s'écarta pour les laisser passer. Tous se rendirent au chevet de l'enfant. Ce dernier fut sauvé.

Bientôt Séraphin fut appelé pour protéger bien des vies. On venait le chercher dans la plus grande discrétion. À des lieues à la ronde, on commença à parler du sorcier qui vivait dans la forêt. Puis on raconta qu'il sacrifiait des enfants la nuit pour se nourrir de leur sang. Les gens commencèrent à prendre peur et l'on pouvait recueillir dans le village les pires histoires. À la même époque, des brebis furent retrouvées mortes, égorgées par un chien errant. On prétendit que le sorcier se transformait en loup la nuit pour attaquer le bétail, redevenant homme au petit matin.

Alors, les villageois n'osèrent plus s'aventurer dans la forêt. Personne ne vint par la suite lui demander de soigner. Un beau jour, des soldats vinrent l'arrêter, et il fut emmené à la ville voisine pour y être jugé pour sorcellerie.

La Suisse pratiquait la chasse aux sorciers et sorcières et ils furent nombreux à être arrêtés ensemble. Beaucoup furent emprisonnés dans des cachots à cause de dénonciations de voisins jaloux. Il y eut un procès où des dizaines de personnes furent incriminées.

La sentence tomba, elles furent condamnées à être brûlées.

C'était le 16 juin 1666, Séraphin venait d'avoir vingt ans. Il fut emmené avec les autres dans des charrettes surmontées de cages en bois sur la place de la ville. Un bûcher y avait été dressé. À coups de bâton, des gardes les firent avancer.

Les condamnés reçurent des projectiles de toutes sortes, lancés par le peuple. Bientôt les gardes furent submergés par une foule en délire qu'ils ne purent retenir. Le chaos était total et Séraphin se retrouva à terre. Les gens s'agglutinaient autour des sentinelles qui essayaient en vain de les repousser.

Le jeune homme profita de la cohue pour se réfugier sous une charrette où il resta à l'abri. De là, il se glissa à quatre pattes d'une charrette à une autre, pour arriver au fond de la place.

Il jeta un œil. La foule lui tournait le dos. Il se releva et courut droit devant lui, le plus vite qu'il put, entravé par ses chaînes. Les rues étaient désertes. Il put sortir de la ville, après avoir brisé ses liens à l'aide d'outils trouvés dans une forge.

Il quitta la ville, et aussi le pays.

11

Tom se retourna. Mais Sean ne le suivait plus. Ils venaient juste d'arriver à la gare de Marseille et, portés par la foule, ils avaient été séparés.

Il cherchait du regard son ami quand il sentit quelqu'un lui taper sur l'épaule :

— Je croyais m'être débarrassé de toi, lança Tom joyeusement.

— Tu serais bien ennuyé, je suis le seul à parler couramment le français. Viens, sortons, il y aura bien un taxi dehors.

Tom le suivit. Sean précisa au chauffeur l'adresse de la zone industrielle où ils avaient rendez-vous avec une entreprise de transport, dans la commune de Fos-sur-Mer.

Le chauffeur acquiesça, enclencha son

compteur et démarra.

— Où as-tu appris le gaulois ? demanda Tom.

— Ma mère était professeur de français. Depuis tout petit, elle s'adressait à moi en français et mon père en anglais. Elle disait vouloir mettre tous les atouts de mon côté. Et nous partions quelquefois en vacances en Bretagne.

La traversée de Marseille fut interminable, ils avaient l'impression de ne pas avancer. Ils passèrent devant une station-service, où s'étaient formées des files impressionnantes de voitures.

— Que se passe-t-il ? s'enquit Sean au chauffeur.

— Les gens se préparent à la grève et font le plein d'essence par peur d'en manquer. On ne sait pas combien de temps ça va durer, alors autant se préparer.

— On se croirait dans un pays en guerre, considéra le journaliste.

À la fin d'un parcours interminable, ils arrivèrent dans un lieu, isolé, au milieu de nulle part.

— Vous voyez les cheminées là-bas ? C'est Fos-sur-Mer. On y est presque.

Tom écarquilla les yeux et dit à son ami :

— C'est ça le sud de la France, ses plages de galets, son eau bleue, son soleil et ses pins ? Moi, je ne vois que les cheminées des usines, du béton et en plus ça sent très mauvais !

Sean éclata de rire :

— C'est l'odeur des raffineries ! Je t'emmènerai voir tes plages de galets et ta mer bleue. Ce n'est pas un mythe.

Le taxi s'arrêta devant un portail entrouvert. Ils descendirent et franchirent la grille.

Plusieurs camions étaient garés à côté d'un cabanon qui semblait représenter un bureau. Un homme de forte corpulence les accueillit. Il avait un accent très prononcé qui rendit la conversation entre Sean et lui difficile.

— Alors, c'est vous les deux journalistes anglais ? Entrez, je vais vous faire du café. Je suis Robert Turian, le patron.

— Bonjour ! Sean et voici mon collègue Tom.

Ils le suivirent à l'intérieur du cabanon. Des papiers étaient entassés sur le bureau et sur les chaises. L'intérieur était un vrai capharnaüm.

— Vous partirez ce soir avec Tony. Il y a une centrale d'achat à une heure d'ici. Il va établir un blocus avec d'autres. Vous serez ainsi au cœur de l'action. Personne ne pourra venir se réapprovisionner. Tous mes camions-citernes sont arrêtés, on ne livre plus d'essence.

— Et comment réagissent les Français ?

— Ils nous soutiennent. Bien sûr, ils paniquent un peu. Ils dévalisent les supermarchés et stations-service de peur de manquer. Mais si nous ne paralysons pas le pays, on n'obtiendra rien du gouvernement. Ça, ils l'ont compris. Et puis nous nous battons aussi au nom de tous. Eux-mêmes subissent la montée du prix du pétrole.

Il tendit une tasse à chacun des journalistes. Tom en but une gorgée et manqua de s'étouffer tant l'aigreur du liquide était prononcée.

— Votre copain veut peut-être du sucre, demanda Robert Turian quand il vit sa grimace.

— Oui, merci, moi aussi, répondit Sean.

Tom jeta un coup d'œil à son ami, qui lui répondit par un sourire. Il allait lui traduire les dernières paroles lorsque quelqu'un frappa à la porte et pénétra dans le bureau.

— Ah Tony ! Te voilà. Je te présente les deux journalistes qui vont embarquer avec toi.

Le routier salua les deux hommes et leur proposa de partir aussitôt. Tom fut heureux de ne pas être obligé de finir sa tasse.

Les deux reporters prirent place dans la cabine, pendant que le chauffeur s'installait au volant. Des papiers d'emballage de nourriture s'amoncelaient le long du pare-brise et l'odeur de gras embaumait l'intérieur. Tom en eut la nausée, impressionné par la hauteur à laquelle il se trouvait. Tout était surdimensionné.

— Je ne pourrais en aucun cas conduire ce genre d'engin ! pensa-t-il.

Ils empruntèrent la route en direction de Marseille, et longèrent la Méditerranée. Sean échangeait quelques mots avec Tony et prenait des notes. Calé dans son fauteuil, Tom se contenta d'observer le paysage, trouvant la vue tantôt magnifique, parfois gâchée par la modernisation. Ils quittèrent l'autoroute et arrivèrent à un entrepôt. Cinq camions étaient sur place et en bloquaient l'accès. Tony fit retentir son klaxon au bruit de corne de brume, ce qui engendra un sursaut de la part des deux journalistes, rendant le chauffeur routier hilare.

Les autres conducteurs, affairés à attiser un feu dans un bidon, se retournèrent et adressèrent un signe de la main. Tony alla les rejoindre, laissant les deux Anglais dans le camion.

— Qu'est-ce que l'on est censés faire ? demanda Tom en regardant Tony et ses amis se lancer des tapes dans le dos.

— Toi, tu prends des photos et moi, je vais poser des questions.

— Que veux-tu comme photos ? Des camions arrêtés ou des chauffeurs en train de se faire donner des embrassades. Il ne se passe rien !

— Si, ils bloquent la sortie de l'entrepôt.

— Et c'est tout ? C'est cela une grève ?

— Oui, entre autres. Il faut voir les conséquences : les raffineries et les centrales d'achat des supermarchés sont bloquées, de quoi paralyser tout un pays.

— Eh bien, je vais réaliser des photos de routiers qui paralysent tout un pays ! lança Tom, avant de descendre, en haussant les épaules.

Sean se joignit au groupe. Il interrogea les grévistes, observant de loin Tom qui fulminait dans son coin. Tony alla chercher une glacière dans son camion. Ils consacrèrent la soirée à boire des bières et à faire griller de la charcuterie.

Tout à coup, Tom sentit une douleur lui traverser le corps. Il se plia en deux, hurlant. Alors qu'il commençait à se détendre, la douleur lui remonta le long du dos. Il essaya de s'éloigner pour s'isoler, mais la souffrance le paralysa.

Poussant un cri, il s'effondra sur les genoux. Les rires et les conversations cessèrent. On pouvait lire la stupéfaction sur les visages. Sean le rejoignit et s'accroupit près de lui, tout en lui disant :

— Encore ta douleur ?

— Oui. Je commence à aller mieux. Tu peux m'aider à me relever ?

Alors que Sean l'aidait à se relever, Tom prit conscience que tous les visages étaient braqués sur lui.

— Ne vous en faites pas les gars, ce n'est rien ! Tu peux traduire Sean ? J'ai l'impression d'être une bête de cirque.

Son ami s'adressa aux routiers, qui commencèrent à retourner à leurs occupations. La vie et bonne humeur reprirent le dessus. Les conversations allaient bon train :

— J'ai reçu un appel d'un collègue. Avec d'autres, ils ont bloqué toutes les raffineries de Fos. Il paraît qu'il y a eu du grabuge, mais ils continuent à instaurer le blocus, leur dit Tony, qui revenait de son camion.

Sean traduisit à Tom qui répliqua :

— Au moins, ça bouge un peu plus qu'ici.

— Tu ne crois pas si bien dire, répondit Sean, regarde qui arrive.

Tom se retourna et vit deux voitures de police arriver à vive allure. Elles s'arrêtèrent près d'eux et deux policiers en sortirent. D'un pas nonchalant, le policier le plus âgé s'approcha et demanda :

— Qui est Tom Partner ?

— C'est moi, répondit ce dernier, se demandant quelle mauvaise nouvelle on venait lui annoncer.

— Et qui est Sean Foscher ?

— C'est moi, que se passe-t-il ? demanda Sean.

— Vous êtes tous les deux en état d'arrestation.

— Quoi ? cria Tom. Sean, traduis-moi ce qu'il vient de dire. Je n'ai pas dû comprendre avec son anglais pourri.

— Oh, si ! tu as très bien compris ! Tu voulais de l'action ? Eh bien, je crois que l'on a un petit imprévu !

Puis, en français :

— On vous suit, messieurs, dit-il aux policiers, tout en remarquant que l'un d'eux avait la main posée sur son arme.

Ils montèrent à l'arrière du véhicule. Ils ne comprenaient rien, mais ne posèrent aucune question. Ils roulèrent en silence et finirent par arriver sur une autoroute. Ils se rapprochaient de Marseille. Des bâtiments immenses surplombaient l'autoroute qui se terminait à la porte d'Aix. Ils arrivèrent bientôt au commissariat. On les fit descendre pour les emmener dans un bureau où les attendaient deux policiers :

— Videz vos poches dans ces casiers, leur ordonna l'un des deux représentants de la loi, désignant deux bacs en plastique blanc.

Les deux amis s'exécutèrent et le même policier s'adressa à Sean :

— Suivez-moi, votre partenaire reste ici avec mon collègue.

Tom observa son ami partir et prit place sur une chaise.

— Votre nom et adresse, commença l'agent.

— Tom Partner, je vis à Londres.

Il ne comprit pas les questions suivantes et ne put répondre. Le policier se leva et alla chercher un collègue pour l'interroger dans un anglais tellement mauvais et hésitant que le photographe n'arrivait pas à comprendre. Les hommes de loi échangèrent quelques mots, et l'un d'eux lui fit signe de le suivre. Ils arrivèrent devant une porte en fer qui dissimulait une cellule meublée d'un banc en pierre. Tom comprit qu'il était en garde à vue, mais sans toutefois en deviner la cause. Il ne dormit pas de la nuit, il avait froid et la pièce était trop exiguë pour s'allonger. Par moments, un policier venait jeter un œil, et repartait aussitôt sans dire un mot.

À quoi bon ? ils ne parlaient pas la même langue.

Et Sean, où était-il ? Était-il aussi dans une cellule ou l'avaient-ils relâché ? Si au moins, ils avaient pu être ensemble, il aurait compris ce qu'on lui reprochait.

Il passa la nuit à réfléchir à ce qui avait pu le conduire ici, lui qui n'avait jamais eu d'amendes de sa vie. Était-ce en rapport avec la mort de Marc ? Peut-être avait-il réalisé une photo compromettante ? Non, ce ne devait pas être cela, mais quoi donc alors ?

Ce ne fut qu'au petit matin, qu'il finit par s'assoupir. Peu de temps après, la porte de la cellule s'ouvrit.

À demi endormi, il aperçut un policier lui apporter un café et un morceau de pain. Il le mangea goulûment. Il avait l'impression de ne rien avoir avalé depuis des jours. Lorsqu'il eut fini, le policier lui passa les menottes aux poignets. Tom ne comprenait rien.

— Où est mon ami Sean, demanda-t-il en mauvais français au policier.

— Suivez-moi !

Ce fut la seule réponse.

Quand il arriva dans le couloir, Tom chercha désespérément son ami journaliste. Ce fut en vain. Contraint, il devait suivre l'homme en uniforme. On le fit monter dans une voiture qui le conduisit au tribunal. Il patienta sur un banc dans un couloir devant une porte, où il lut « juge Philippe Docheau ».

Enfin, la porte s'ouvrit sur une jeune femme d'à peine trente ans, qui demanda au policier d'introduire Tom. On le fit asseoir devant un bureau spacieux avant de lui retirer les menottes. Face à lui, le juge Docheau se tenait bien droit dans son fauteuil. De petites lunettes rondes lui donnaient un air intellectuel et artiste à la fois.

Le rôle de juge ne lui convenait pas, pensa Tom.

La porte s'ouvrit derrière lui pour laisser entrer un homme barbu, d'un âge avancé, qui lui tendit la main en lui disant dans un anglais parfait :

— Bonjour, je suis Pierre Baumont. Je suis mandaté pour être votre interprète.

— Enfin, quelqu'un qui va m'expliquer ce que je fais ici.

— Silence ! coupa le juge. Les faits qui vous amènent ici sont importants, très graves.

Tout au long de la conversation, après avoir répondu à des questions sur son identité et son métier, Tom apprit la raison de son arrestation.

On l'accusait d'appartenir à l'IRA et d'avoir

été mêlé à un attentat à Belfast.

Les questions fusaient.

— Êtes-vous allé à Belfast dernièrement ?

— Combien de temps y êtes-vous resté ?

— Qui y avez-vous vu ? Aviez-vous des rendez-vous et avec qui ?

— Que faisiez-vous sur Holster Street ?

— Qu'avez-vous fait ensuite ?

Tom répondit, en essayant de garder son calme.

12

Quand Séraphin arriva à Londres, deux mois s'étaient écoulés depuis cette exécution manquée. C'était la mi-août 1665 et il faisait très chaud cette année-là. Il découvrait les interminables ruelles avec leurs maisons en bois accolées les unes aux autres. La foule l'impressionna. Les gens vaquaient à diverses activités. Des marchands ambulants criaient en arpentant les rues, à ceux qui avait besoin d'aiguiser des couteaux, d'acheter de la volaille ou encore de faire changer une vitre cassée. D'autres chantaient et quémandaient quelques pièces. La ville était vraiment animée et Séraphin se sentit euphorique, heureux de se mêler à toute cette vie. Cela faisait deux mois qu'il traversait des contrées, des villages, des villes et des campagnes, tantôt en charrette, tantôt à pied, ou caché derrière des sacs dans la cale d'un bateau.

C'est ce qui lui permit de traverser la Manche. Il sentait qu'il était arrivé à son but. Oui, c'était bien ici, à Londres, qu'il s'installerait. Il trouverait un travail, une maison et pourquoi pas une gentille femme pour fonder une famille.

C'est donc le cœur léger, qu'il s'enfonça dans la foule.

Des cris poussés derrière lui le ramenèrent à la réalité. Il se retourna, juste à temps pour se jeter dans une échoppe dont la porte était restée ouverte. Une charrette tirée par un cheval emballé passait et renversait tout.

Mais le véhicule heurta une caisse, malencontreusement laissée par un cireur de chaussures qui avait eu le temps de se réfugier contre le mur, et les deux passagers, un couple, furent expédiés au sol.

La femme eut plus de chance que l'homme en atterrissant sur l'étal d'une lavandière, où les piles de draps amortirent sa chute, pendant que son compagnon roulait au sol et terminait sa course contre un mur. La jeune femme se releva aussitôt, sous les cris perçants de la lavandière, pour se jeter auprès de son compagnon qui gémissait :

— Helen, mon épaule, ma tête, j'ai trop mal !

Affolée, la jeune fille cherchait du regard de l'aide. La charrette était à quelques mètres d'eux, renversée et presque en mille morceaux. Le cheval, à la chute de celle-ci, s'était heureusement arrêté. La foule s'était rassemblée autour des deux jeunes gens.

La scène suscitait des murmures parmi la foule.

La jeune femme implorait du secours quand elle aperçut un grand gaillard au visage angélique s'approcher d'elle. Elle eut le souffle coupé par la beauté et le charisme qu'il dégageait. Elle ne put quitter du regard cet homme lorsqu'il s'agenouilla près d'eux. D'un geste sûr, il saisit le bras du garçon et le tira. On entendit un craquement et le hurlement du blessé qui, quelques secondes plus tard, se mit à bouger remuer son épaule sans douleur.

Le regard de la jeune femme allait de son compagnon à cet inconnu aux cheveux de jais et aux yeux d'un noir profond. Il venait de sauver son frère en un clin d'œil. Ce dernier tenta de se relever, mais il cria avant de se rasseoir à nouveau :

— Ma tête ! Tout tourne !

Séraphin posa alors ses deux mains sur le crâne du jeune homme. Le silence dans la foule se fit si intense qu'il semblait que chacun retenait son souffle. Une minute passa ainsi quand l'homme à terre ne crie :

— Je n'ai plus mal, je ne sens plus rien. Merci mon ami, tu m'as sauvé !

Il serra Séraphin dans ses bras en disant ces mots pendant que les gens applaudissaient. Le spectacle était fini, les badauds se retiraient, mais un petit homme de type berbère, à la barbe et aux cheveux grisonnants, le contemplait tout en restant songeur.

De son côté, l'inconnu continuait à remercier chaleureusement Séraphin.

— As-tu de quoi dormir pour ce soir, mon ami l'étranger ? Non ? Eh bien, viens chez moi et ma sœur. Je te suis redevable. Je m'appelle John Marshall et voici ma sœur Helen.

— Moi, je suis Séraphin et j'accepte bien volontiers ton invitation. Je viens d'arriver en ville et ne sais pas où aller.

La jeune femme, qui avait séché ses larmes, lui adressa un sourire qui fit pétiller ses yeux bleus, soulignant leur couleur claire du teint mat de la jeune fille. La beauté de cette jolie brune ne laissa pas insensible Séraphin.

Il aida John à se remettre sur pied. Helen se précipita pour l'aider et secouer ses vêtements recouverts de poussière. C'est à ce moment que choisit le vieil Arabe pour s'approcher du trio.

— Je te prie de m'excuser, mon garçon, dit-il en s'adressant à Séraphin, je me présente, Foued Bouhmid, apothicaire. J'ai mon échoppe à quelques mètres d'ici.

Les trois jeunes gens le regardèrent, intrigués, en attendant la suite :

— Mon intervention est intéressée, je cherche un apprenti pour m'aider dans la boutique. Un excellent apprenti ! J'ai vu ce que tu as fait. Tu es exactement celui qu'il me faut.

Séraphin mit quelques secondes à répondre :

— Mais je ne sais pas comment utiliser les

plantes !

— Je t'apprendrai. Et puis, avec le don que Dieu t'a donné, nous allons compléter mon activité. Tous ces gens ont vu ce dont tu es capable. Ils le savent et n'hésiteront pas à faire appel à toi maintenant.

— Je... Je ne sais pas, hésita Séraphin, surpris par la proposition.

— Tu viens d'arriver en ville et je te propose un travail, et aussi un logement qui donne sur l'arrière de ma boutique.

— Vas-y, mon ami ! C'est une occasion pour toi de t'installer à Londres, répondit John.

Séraphin le savait bien, mais il ne comprenait pas ce pouvoir dont Dieu l'avait pourvu. Cela l'effrayait. En Suisse, il lui avait presque coûté la vie, alors qu'ici, il attirait la sympathie. Après tout, peut-être que cet homme pourrait l'aider à apprivoiser ce don. Il s'entendit répondre par l'affirmative malgré lui.

Le vieillard lui sourit et lui donna une légère tape sur l'épaule avant de lui dire :

— Tu as fait le bon choix, je vais te conduire à ta chambre, tu commences demain !

— Mais et ces deux jeunes gens ? répliqua Séraphin. Regardez leur charrette, je ne peux pas les abandonner ainsi !

— Ne t'inquiète pas, lui répondit John. Nous avons notre remise juste au bout de la rue à droite. Nous habitons au-dessus. Installe-toi d'abord, puis viens nous rejoindre plus tard.

C'est ainsi que Séraphin suivit son maître.

Quand il fut installé, il alla retrouver John et Helen, comme promis. Ces derniers s'affairaient autour de la charrette qu'ils avaient réussi à ramener dans la remise.

Pendant que les deux jeunes hommes réparaient les planches brisées, Helen prépara du thé qu'elle leur servit. Séraphin n'arrivait pas à détacher son regard de cette jeune fille magnifique. La légèreté de ses mouvements et ses jolies formes faisaient palpiter son cœur.

Parfois, leurs regards se croisaient et ils tournaient immédiatement la tête, gênés, sous le regard amusé de John, qui ne soufflait pas un mot.

À la nuit tombée, le travail fut presque achevé et ils commencèrent à avoir faim.

— Nous avons bien avancé, tu as des doigts d'or, Séraphin. Je pourrai finir seul demain. Maintenant, allons manger un morceau.

Ils passèrent le reste de la soirée à discuter. Séraphin apprit que la mère de John et Helen était décédée dix ans auparavant. Leur père, qui était sellier de métier, était mort l'an passé d'une pneumonie, passant ainsi le flambeau de l'atelier de sellerie à John. Le frère et la sœur étaient jumeaux et avaient à peine dix-huit ans.

La nuit était bien avancée, et à regret, Séraphin dut quitter ses nouveaux amis pour aller se reposer, prêt à affronter sa nouvelle vie d'apprenti apothicaire. Il dormit peu cette nuit-là, éprouvant une étrange sensation en pensant à Helen.

Il était heureux et anxieux à la fois ; son cœur s'emballait et il sentait en même temps un poids dans sa poitrine.

Il eut l'impression de s'être à peine endormi lorsqu'il fut réveillé par des coups à la porte de sa chambre. C'était Foued, l'apothicaire, qui venait l'avertir qu'il était temps de se lever.

Dans un demi-sommeil, il le rejoignit dans l'arrière-boutique, où l'attendaient un morceau de pain de mie beurré et un thé fumant. Il engloutit le tout rapidement et avec appétit. Puis il rejoignit le vieil homme dans la boutique, où il découvrit les milliers de flacons qui couvraient les étagères. Des décoctions, des sirops, des poudres et des huiles de toutes essences garnissaient le magasin. Le vieil homme sourit en voyant la consternation sur le visage de son apprenti.

— Ne sois pas inquiet, je te transmettrai mon savoir et, bientôt, grâce à ma science associée à ton don, nous allons faire des miracles. Plus tard, il te faudra partir sur les routes pour effectuer ton tour de compagnon. Lorsque tu auras suffisamment appris en parcourant les contrées, tu reviendras pour envisager ma succession. J'ai confiance en toi et je suis convaincu que je ne me suis pas trompé.

À ces paroles, Séraphin se sentit revigoré.

Les semaines qui suivirent, il apprit le pouvoir des plantes, les dosages et la fabrication de médicaments. Il étudia aussi le corps humain et les méthodes pour le soigner.

Son maître avait raison. Les prouesses de Séraphin avaient fait le tour de la ville. On venait de loin pour chercher le remède miracle ou les soins nécessaires. Chaque jour, Séraphin apprenait à apprivoiser de mieux en mieux son don.

Les journées étaient embellies par les visites d'Helen. Elle venait lui tenir compagnie pendant le repas, lui apportant du pain ou un gâteau de sa composition. Ces moments intimes les rapprochaient de plus en plus. Ils devinrent naturellement amants jusqu'au jour où Séraphin se décida de demander la main d'Helen à John.

Ce dernier en fut très heureux et les noces furent célébrées rapidement, avec la bénédiction de Foued.

13

Des coups sur les barreaux réveillèrent Tom en sursaut. Il se redressa d'un bond et mit quelques secondes à comprendre où il se trouvait.

— Et merde, ce n'est pas un cauchemar ! furent les premiers mots qu'il prononça à l'égard du policier qui ouvrait la cellule.

Sean dormait encore, et son compagnon de cellule dut le secouer fortement.

— Vous disposez de dix minutes pour vous préparer. Une voiture vous attend. Ne me posez pas de questions, je n'en sais pas plus que vous, lança le policier avant de tourner les talons et de disparaître.

Un quart d'heure plus tard, menottes aux poignets, ils embarquèrent dans une voiture.

Ils furent emmenés jusqu'à un aérodrome où un avion de tourisme les attendait. Deux policiers à bord les prirent en charge. Le voyage se déroula dans le silence. L'un comme l'autre n'avaient pas envie de parler.

Trois heures plus tard, ils arrivèrent dans les locaux du Criminel Investigation Department. Ils furent amenés directement dans le bureau du Detective Chief Superintendent. On leur annonça que le juge avait décidé de les placer en détention jusqu'au procès. Ce dernier était prévu dans dix semaines devant la Crown Court.

À cette annonce, Sean et Tom comprirent qu'on les considérait comme des terroristes et qu'ils pouvaient obtenir une peine très lourde. Ils se sentaient abattus, le moral au plus bas. Comment et pourquoi les accusait-on d'appartenir à l'IRA ?

L'avocat de Tom, qui lui fut commis d'office lui parla d'un témoin à charge. Il s'agissait d'un policier qui, suite à l'attentat de Holster Street, était resté quelques semaines dans le coma. Par la suite, il avait donné sa version des faits, et accusé Tom et Sean. Il les avait surpris en train de fuir la place avant l'explosion.

Les deux hommes furent incarcérés en attendant leur procès.

Tom partageait sa cellule avec un codétenu peu bavard. Cela l'arrangeait, n'ayant lui-même aucune envie de converser et de raconter son histoire, ni d'entendre celles des autres. Son moral baissait au fur et à mesure que les jours passaient. Ses journées étaient rythmées par la cadence de la prison : balade matinale dans la cour, lecture, repas dans la cellule et surtout beaucoup de temps à réfléchir.

Le jour de l'audience finit par arriver. Tom et Sean avaient été séparés le long de leur incarcération et ils se retrouvèrent pour la première fois depuis dix semaines. Sean était amaigri, il avait les traits tirés, tout comme Tom. La perte d'identité et de dignité, les odeurs âcres, les cris plaintifs des détenus, les bruits métalliques des clés, des serrures et des grilles, et surtout l'injustice de se trouver dans ce milieu qui n'était pas le sien, parmi des assassins, des dealers et autres, suffisaient à détruire le peu d'optimisme qu'il lui restait.

Les jours avaient défilé les uns après les autres, longs et tristes. Sur sa couche, Tom avait passé des heures à repasser sa vie comme un film. Il pensait s'être forgé une carapace en vivant les horreurs de ses reportages. Mais il se rendait compte qu'il n'était pas prêt à affronter ce genre de situation.

La réalité de ne pas être aussi fort qu'il le croyait lui était tombée dessus comme une gifle. Cela le rendait encore plus dépressif.

Tom essaya de croiser le regard de Sean, mais ce dernier gardait la tête baissée. Il osa alors un regard circulaire, sans trop s'arrêter sur le jury. Douze personnes le composaient, et il lui semblait qu'il y avait plus d'hommes que de femmes. Douze personnes prises au hasard que le destin avait placées là pour juger de sa culpabilité ou non. Tom se demanda ce que l'on ressentait lorsqu'on devenait juré. Un sentiment de puissance pour déterminer le destin de quelqu'un ? Ou bien l'angoisse nous gagnait-elle, nous laissant vivre à la suite du procès dans la responsabilité d'avoir condamné un homme ?

Il réalisa que sa culpabilité ne tenait qu'à peu de chose. L'être humain est imprévisible et changeant. Quelle était la vie de ces gens et n'allait-elle pas influencer leur décision ? La prison lui avait fait perdre toute assurance. C'est empli de panique qu'il assistait à son procès.

Le juge Harold, coiffé d'une perruque blanche et assisté de son clerc, commença à énoncer l'état-civil de Tom. Il lui demanda si tout était exact et lui demanda aussi des précisions sur sa vie.

Il en fit de même avec Sean, qui répondit comme un automate. Bien qu'il ait retrouvé son ami, Tom se sentait néanmoins seul. L'angoisse et la déprime ne se partagent pas. De plus, il se sentait coupable vis-à-vis du journaliste qui subissait les événements causés par sa faute.

Vint le moment où l'accusation présenta les faits :

— Un attentat lâche a été perpétré à Belfast, le 14 mars dernier, à un moment de grande affluence sur Holster Street. Un appel revendiqué par l'IRA a lancé une alerte à la bombe dans le magasin Mark & Spencer du quartier. Le plan d'évacuation a été aussitôt mis en place, et tous les employés, clients et badauds, ont été rassemblés sur Holster Street. J'ai utilisé le mot « lâche », car les terroristes avaient placé la bombe dans une voiture stationnée sur Holster Street. Ils voulaient être sûrs d'atteindre leur but et de tuer un nombre considérable d'hommes et de femmes. Il y a eu quatre-vingt-deux victimes, dont vingt sont décédées. Des pères, des mères, des enfants… Ces deux hommes que vous voyez là, dans le box des accusés, ont été aperçus en train de fuir la place juste avant l'explosion. L'évidence ! Mesdames, messieurs les jurés.

L'évidence est que ces deux hommes sont bel et bien liés à cet attentat.

Il se tut, attendant que chacun assimile ses paroles. Ses derniers mots résonnaient dans la tête de Tom lorsque le magistrat de l'accusation reprit :

— Je vais faire entrer un témoin qui viendra étayer mes propos. Une personne meurtrie, qui a passé trois mois dans le coma. Un homme qui a perdu ce jour-là son collègue, son ami et père de famille. Faites entrer Peter Shawn, s'il vous plaît.

On entendit la porte massive s'entrouvrir, et tous les regards se tournèrent dans la même direction.

Un homme en uniforme de policier apparut, se déplaçant avec des béquilles. Son regard sombre était fixé sur la barre vers laquelle il se dirigeait.

L'accusateur s'approcha de lui et commença son interrogatoire :

— Peter Shawn, pourriez-vous nous dire quelle est votre fonction.

— Je travaille dans le département du terrorisme de la police irlandaise à Belfast depuis dix ans.

Le policier expliqua pourquoi et comment il s'était retrouvé sur Holster Street, suite à l'alerte à la bombe.

Le silence régnait dans la salle ; chacun buvait les paroles de Peter Shawn. Tom observait les spectateurs. Le mot spectateur lui semblait approprié.

Il savait que seule la curiosité avait poussé un grand nombre d'entre eux à assister à l'audience. Tous étaient à l'écoute du policier témoin, et chacun affichait un regard compatissant à l'égard de cet individu qui avait dû vivre l'enfer.

À la fin de son témoignage, le magistrat reprit :

— Reconnaissez-vous les deux hommes qui se trouvent ici aujourd'hui sur le banc des accusés ?

Avant de répondre, Peter Shawn se tourna vers Tom et le dévisagea intensément. Le photographe baissa le regard. Il avait l'impression d'être transpercé par la haine de cet homme.

Il entendit le témoin répondre :

— Oui.

— Quel a été leur rôle ce samedi 14 mars ?

— J'étais avec mon collègue Tim au coin de Camden Street et Holster Street lorsque nous avons aperçu deux hommes se disputer.

— Était-ce ces deux hommes ? demanda le

magistrat en pointant du doigt Tom et Sean.

Cette fois-ci, Tom n'inclina pas la tête. Il se savait innocent et voulait le montrer. L'homme observa les deux amis à nouveau avant de dire :

— Oui, celui de gauche portait un appareil photo avec un long objectif. Peu de temps auparavant, je les avais aperçus en train d'interviewer un groupe de jeunes vendeurs. Mais là, ils se querellaient. Ils criaient. Alors, avec Tim, nous nous sommes approchés. J'ai clairement entendu le photographe dire qu'il fallait quitter les lieux, car il y avait un danger.

— Il faut quitter les lieux ! reprit l'accusation comme dans un écho en haussant le ton. Deux journalistes en mission qui ne s'attardent pas pour accomplir leur travail et qui décident de fuir. Fuir quoi, mesdames et messieurs les jurés, tout simplement fuir un endroit où il est prévu qu'une bombe explose.

Il appuya chaque syllabe du dernier mot pour produire de l'effet, puis il demanda au policier de continuer à relater les faits :

— Alors que les deux journalistes s'engageaient dans la rue, nous les avons suivis et j'ai entendu le photographe dire à son compagnon qu'il lui expliquerait plus tard pourquoi ils devaient vite s'éloigner. J'ai estimé cela suspect. Aussi, je les ai sommés de s'arrêter et... et la bombe a explosé à ce moment-là... Tuant Tim.

Il y eut comme une minute de silence, qui fut rompue par l'accusation :

— Merci, monsieur Peter Shawn. Je laisse la place à l'avocat de la défense !

Tom osa un regard vers Sean. La tête baissée, ce dernier semblait ne pas écouter.

Il paraissait si distant, aucun mouvement perceptible, aucune émotion visible.

Maître Easton, l'avocat des accusés se leva et s'approcha du témoin :

— Monsieur Peter Shawn, avez-vous bien déclaré avoir entendu l'accusé Tom Partner dire à son collègue Sean Foscher qu'il éprouvait un sentiment de danger ?

— Oui.

— L'avez-vous entendu dire qu'une bombe allait exploser ?

— Non.

— Il n'a rien affirmé de tel, juste émis une possibilité de péril, du moins un pressentiment ?

Le témoin mit quelques secondes à répondre :

— Oui, euh... Je ne sais plus.

L'avocat de la défense se tourna vers le juge :

— My Lord Harold, nous sommes en train d'accuser deux hommes pour des faits graves, alors qu'il semblerait que ce soit une histoire de mauvais pressentiments.

Puis, se tournant vers le jury :

— Et la logique dans tout cela ? Une bombe doit exploser. Sean et Tom Partner se trouvaient à une vingtaine de kilomètres au nord de Belfast. Ils enquêtaient au sujet d'un attentat qui a eu lieu peu de jours avant. Cela s'est passé dans une base militaire anglaise. Alors pourquoi se rendre sur des lieux où l'on sait qu'une bombe doit exploser plutôt que de continuer son reportage et avoir ainsi un alibi ? Quel est l'intérêt ?

Sur ces mots, l'avocat annonça qu'il n'avait pas d'autres questions et retourna s'asseoir. Le magistrat de l'accusation s'adressa alors au juge :

— My Lord Harold, l'accusation a un autre témoin.

— Faites entrer, fut sa réponse.

Les portes s'ouvrirent sur un petit homme, d'un âge avancé, qui semblait mal à l'aise. Lorsqu'il arriva à la barre, il prêta serment sur le Nouveau Testament avant de décliner son identité et profession, à la demande du juge :

— Peter Harrys, je suis chauffeur de taxi.

Tom se souvint de lui. Il eut un mouvement de recul, ne comprenant pas ce que cet homme venait faire ici. Il sentait sa gorge se nouer, s'attendant au pire.

Son cœur s'emballa et c'est avec un intérêt immense qu'il écouta la suite :

— Racontez-nous votre histoire, monsieur Harrys, lança le magistrat de l'accusation.

Le témoin commença d'une voix à peine audible.

Le juge lui demanda de parler plus fort.

Peter Harrys se racla la gorge et entama son récit :

— J'ai pris mon service à neuf heures ce matin-là.

— Quel matin, Monsieur Harrys ? s'enquit le magistrat de l'accusation.

— Le 12 mars, le jour de l'attentat contre Buckingham Palace !

À ces mots, il y eut des murmures dans l'assistance et le juge fut obligé d'ordonner le silence.

Le chauffeur de taxi continua :

— Je venais donc de prendre mon service et m'étais juste engagé dans Higgins Street lorsque l'homme assis là-bas à gauche m'a fait signe de m'arrêter.

— Vous parlez de monsieur Tom Partner ?

demanda l'accusation.

— Oui. C'est bien lui. Il semblait irrité et très pressé. Il m'a demandé de le conduire au Daily Mail. Lorsque nous sommes arrivés sur Grosvenor Place, nous nous sommes retrouvés coincés à cause d'un accrochage. Cela l'a rendu nerveux et il n'a pas voulu attendre. Il m'a payé et est parti en courant sans attendre.

— Pensez-vous qu'il voulait fuir les lieux ?

— C'est possible, en tout cas, il était pressé. Toujours est-il que je suis resté coincé un bon quart d'heure. Et c'est au moment où la route semblait se dégager qu'il y a eu cette horrible explosion. Une voiture piégée garée au coin de St-James Park. Heureusement, il n'y a eu aucune victime. Mais j'ai dû passer ma journée au poste de police pour rédiger ma déposition. Une sale journée, je vous dis !

— Merci monsieur Harrys, enchaîna l'accusation. Mesdames et messieurs, My Lord Harold. Encore une fois, monsieur Tom Partner a été vu en train de fuir un lieu piégé par l'IRA. Les déductions que nous pouvons faire aujourd'hui rejoignent celles de la police. Celles qui ont mené nos deux protagonistes sur le banc des accusés. Une fois, c'est éventuellement une coïncidence, mais deux fois... Je laisse la parole à l'avocat de la défense.

Tous les regards se tournèrent vers maître Easton, qui rassembla ses dossiers devant lui avant de se lever. Pour la première fois, Sean releva la tête comme s'il venait de reprendre conscience.

Tom le regarda, cherchant à croiser son regard, mais son ami l'ignora et il sentit sa gorge se nouer.

L'avocat s'approcha du juge et d'une voix claire commença sa plaidoirie :

— My Lord Harold, cette deuxième fois était encore une coïncidence. Mon client Tom Partner habite Higgins Street et Buckingham Palace est sur le parcours pour rejoindre le Daily Mail. Le 12 mars, il avait une réunion de la plus grande importance à huit heures trente dans les locaux du journal. Il était très en retard, ce qui explique son empressement. De quoi l'accuse-t-on ? D'avoir été au mauvais endroit au moment inopportun ? Ils ont été des dizaines dans ce cas. D'avoir lui-même placé la bombe sur la voiture alors qu'il y avait de nombreux témoins bloqués par l'accident ? Sans compter que l'on pourrait le nommer l'homme qui place des bombes plus vite que son ombre ! Car dix minutes plus tard, il se trouvait assis à une table avec ses collègues pour assister à la réunion.

My Lord Harold, il n'y a aucune preuve contre mes clients, juste un regroupement de faits qui démontrent ce que je viens de dire : au mauvais endroit au mauvais moment. My Lord Harold, contre le manque de preuves, je vous demande la relaxe de mes clients.

Le moment était crucial. Selon la loi anglaise, la défense pouvait solliciter le magistrat pour constater que le dossier ne contenait pas de bases suffisantes.

Ils espéraient ainsi le non-lieu. Dans ce cas, le juge pourrait réclamer l'acquittement immédiat. Les murmures reprirent de plus belle dans la salle d'audience.

Le juge Harold tapa un coup de son marteau et se leva, faisant ainsi cesser les conversations :

— Moi, Lord Harold, je décide de l'acquittement immédiat de Tom Partner et Sean Foscher pour manque de preuves. Je retire le dossier au jury. L'audience est levée.

Il conclut par trois coups de marteau avant de disparaître par la porte étroite derrière lui. Les conversations reprirent, opposant ceux qui étaient d'accord avec l'acquittement et les autres qui étaient contre.

Tom, satisfait, serra Sean, qui lui répondit par un sourire. Ils sortirent par la grande porte sous les applaudissements et les serrements de mains de leurs collègues qui étaient venus les soutenir. Tom était ravi d'être acquitté, mais surtout heureux d'avoir senti, dans son étreinte avec Sean que ce dernier ne lui en voulait pas.

Il était confiant, cette histoire les avait rapprochés.

Ils s'attardèrent dans le hall, répondant aux questions des journalistes des divers éditoriaux du pays et d'ailleurs. Ils étaient satisfaits et avaient envie d'exprimer leur joie à quiconque leur adressait la parole.

14

Séraphin appréciait particulièrement le pont de Londres. Il aimait le traverser pour aller flâner dans Southwark, les quartiers sud. De là, il pouvait observer la cité avec ses maisons en bois de six ou sept étages ou tout simplement le trafic naval sur la Tamise.

L'activité y était dense, un incessant va-et-vient de bateaux que l'on déchargeait afin d'alimenter les boutiques. La cité était un important pôle commercial très important et toute cette animation le rendait heureux.

Ici, personne ne cherchait à lui nuire quand il guérissait de ses mains. On le respectait même et il avait beaucoup appris au côté de Foued Bouhmid.

De plus, il avait une femme merveilleuse dont il était très épris. Pour son bonheur extrême, elle attendait un enfant, son enfant. Il le sentait bouger chaque fois qu'il posait délicatement ses mains sur le ventre de sa femme. Souvent, il se surprenait à lui parler. Helen était presque au terme de sa grossesse et l'accouchement était maintenant imminent. Grâce à son savoir, il seconderait le médecin et cela rassurait sa femme.

Cela faisait pratiquement un an que Séraphin vivait ici. Il avait noué des liens avec les commerçants de la partie est de Fleet Street.

Il quitta la rive sud pour retraverser le pont. De nombreuses échoppes s'alignaient tout le long. Il passa devant la forge de son ami Franklin et le salua, puis poursuivit sa route. Le soleil régnait dans le ciel en ce 1er septembre 1666.

Assurément, il était sincèrement heureux et comblé.

Aujourd'hui, c'était samedi et Séraphin avait promis à Helen de finir de construire le lit du bébé. Cette idée l'enthousiasma et d'un pas alerte, il traversa les ruelles étroites pour regagner sa maison où l'attendait sa femme.

Il la trouva assise près de la table en train de coudre. Quand elle l'aperçut, elle se leva, lui sourit et trépigna sur place comme une enfant :

— Regarde cette layette. C'est la plus belle que j'aie faite !

Séraphin prit le vêtement qu'elle lui tendait et sourit. Il se pencha pour embrasser sa femme, sa bien-aimée, avant de la contempler tout en lui disant :

— Tu es si ravissante. Ce sera une fille, j'en suis sûr et elle te ressemblera. Elle aura tes yeux et ton sourire.

Helen pouffa et se mit à rougir. Elle baissa les yeux et s'attela à la tâche pendant que Séraphin rassemblait les dernières planches du lit du bébé.

L'après-midi passa promptement. La jeune femme levait quelquefois les yeux de son ouvrage pour observer Séraphin. Elle était fière de lui. Il travaillait tellement bien et était si doué de ses mains. Elle aussi était radieuse. Séraphin était un mari merveilleux et, elle en était sûre, il ferait un bon père.

Ce soir-là, ils se couchèrent tôt. Mais avant de s'endormir, ils parlèrent de l'enfant qui allait naître et qui viendrait les combler de bonheur. Ils firent des projets pour lui, lui trouvèrent mille et un prénoms sans pouvoir toutefois se décider sur un seul.

Bientôt, le sommeil l'emporta et le sourire

aux lèvres, ils s'endormirent.

Les cris qui venaient de la rue ne les alertèrent pas immédiatement. Ce fut Helen qui la première ouvrit les yeux. Son cœur se mit à battre très vite et elle secoua Séraphin. Péniblement, elle se leva, il faisait nuit noire. Le jeune homme la devança à la fenêtre alors qu'elle posait juste les pieds sur le sol.

Elle l'entendit crier à quelqu'un dans la rue :

— Que se passe-t-il ?

— Le feu ! Il y a le feu chez le boulanger Thomas ! fut la réponse.

Le couple connaissait bien le boulanger Thomas. Il vivait au-dessus de sa boutique sur Pudding Lane, une rue plus loin.

Séraphin enfila son pantalon et ses chaussures :

— Recouche-toi, je vais voir si je peux aider !

Il disparut, laissant Helen seule dans le noir et dans l'angoisse. Elle l'attendit quinze minutes, puis se décida à aller le rejoindre.

Une foule dense s'était amassée dans Pudding Lane, et Helen eut beaucoup de mal à se frayer un chemin. La boulangerie et l'étage supérieur étaient en feu.

Une chaîne humaine s'était formée, afin de circonscrire l'incendie à l'aide de seaux d'eau. Thomas et Séraphin y participaient, mais bientôt les flammes se propagèrent.

Elles atteignirent la cour de l'auberge attenante où étaient amoncelées des bottes de paille. Puis, en peu de temps, le feu atteignit l'auberge elle-même.

Ce fut aussitôt la confusion, les voisins évacuant leurs biens dans la rue pour les mettre à l'abri en cas de propagation. Helen fut bousculée et dut se plaquer contre une porte pour se protéger.

La population finit par se rendre compte de son impuissance.

Il fallait se rendre à l'évidence, seuls les pompiers pourraient arriver à bout de l'incendie. Se sentant inutiles, ils ne purent que contempler les flammes qui s'attaquaient aux deux bâtisses en bois.

Séraphin tourna la tête et aperçut Helen. D'un bond, il fut auprès d'elle. Il lui saisit le bras pour la soutenir et lui dit :

— Viens rentrons, les pompiers sauront quoi faire et tu as besoin de te reposer. Ici, c'est trop dangereux.

La jeune femme s'agrippa au bras de Séraphin et ils rentrèrent. Quand ils furent à nouveau chez eux, le bruit de la rue s'intensifia, les empêchant de s'endormir. Séraphin prêtait l'oreille aux cris, essayant de les comprendre.

Subitement, il se tourna vers Helen :

— Lève-toi, je vais charger la charrette, le feu se rapproche. Allons vite nous réfugier dans la cathédrale Saint-Paul ! Nous y serons en sécurité.

Sa femme se leva aussi rapidement que son état le permettait. Son mari s'empressa de remplir la charrette de leurs meubles. Elle s'occupa de rassembler leur linge dans des draps. Peu de temps après, il l'aidait à s'installer dans le véhicule.

Se frayer un chemin fut chose presque impossible, tant le chaos était intense. Les gens fuyaient, et les charrettes empêchaient tout passage. Ils durent se résigner à abandonner leurs biens sur place et à continuer à pied. Séraphin chargea son cheval et ils tentèrent ainsi de se faufiler dans la foule.

Quand ils eurent passé le quartier de Pudding Lane, ils se retournèrent. Derrière eux, ce n'était plus qu'un brasier. Ils remontèrent péniblement Fleet Street. Fatiguée et bousculée, Helen avait du mal à avancer malgré le soutien de son mari. Séraphin décida alors de faire une halte dans la première église. Ils n'étaient pas les seuls à s'engouffrer à l'intérieur. Beaucoup de personnes étaient venues trouver refuge dans la maison de Dieu.

Ils eurent du mal à trouver une place assise pour Helen. Dans un coin de l'autel, ils purent enfin se reposer.

Mais l'accalmie fut brève. Ils entendirent crier :

— Le feu approche !

Il fallait partir.

L'affolement fut général. Certains, bousculés, tombèrent au sol et se firent piétiner. Séraphin aida Helen, la protégeant de son corps. Ils durent abandonner leur cheval ayant trop de difficultés à se frayer un chemin parmi la foule.

Dehors, le jour s'était levé, mais une épaisse fumée noire empêchait les rayons du soleil de percer. Les yeux brûlaient. Séraphin décida alors de prendre à gauche pour rejoindre le pont de Londres et gagner la rive sud. La Tamise les protégerait. Mais lorsqu'ils arrivèrent à proximité, ils virent le pont en feu, seul lien avec la rive opposée. Les flammes dévoraient les maisons qui s'élevaient sur le pont. Séraphin eut une pensée pour son ami le forgeron. Les entrepôts sur les quais, remplis la poudre à canon, de chanvre et de lin, avaient été ravagés par les flammes. Il était insensé que le couple reste ici. Tout allait exploser. Ils partirent en direction de la cathédrale Saint-Paul.

Helen commençait à ressentir des douleurs. Elle ressentait les contractions et marchait péniblement.

— L'enfant, il arrive ! s'écria-t-elle en s'appuyant sur un mur et en se tenant le ventre, pliée en deux.

Séraphin attrapa de la paille dans une cour qu'il étala pour en faire une couche. Il regarda derrière lui, le feu était loin. Ici, ils étaient à l'abri pour un moment. Il soutint sa femme pour atteindre la cour et l'allongea sur ce lit de fortune. Helen hurlait de douleur. Affolé, il courut dans la rue à la recherche d'aide, mais tous ne pensaient qu'à fuir, à demeurer en vie, à rester avec leurs proches.

Épuisé, les larmes coulant le long de ses joues sales, il retourna auprès de sa femme. Le travail avait commencé et l'on pouvait désormais apercevoir la tête du nouveau-né. Helen hurlait et poussait à la fois. Séraphin l'encourageait et lui épongeait le front.

L'enfant naquit au milieu du chaos le plus total. Il fut enveloppé dans un linge qui séchait sur un fil dans la cour. Son père le posa ensuite contre sa mère avant de s'allonger lui-même à leurs côtés.

Malgré le malheur qui s'abattait sur la cité, les deux jeunes gens se sentaient heureux.

Une petite fille était née, leur enfant.

— Elle s'appellera Myriam, souffla Helen.

— C'est un très joli prénom, répondit Séraphin.

Les flammes étaient loin, mais il fallait songer à partir. Séraphin aida sa femme à se mettre sur pied et accueillit délicatement sa fille dans ses bras, faisant attention de ne pas la réveiller. Malgré ce qu'il se passait, il se sentait heureux. Il avait hâte de présenter son enfant au vieux Foued et à son beau-frère John, dès qu'il les retrouverait.

Mais, pour le moment, il devait mettre sa famille à l'abri. Il savait que, plus tard, lorsque les pompiers auraient maîtrisé l'incendie, il reconstruirait une maison pour sa famille. Il retrouverait l'apothicaire et ensemble, ils remonteraient l'échoppe. Il fit part de ses projets à Helen qui lui répondit par un sourire. Ils atteignirent la cathédrale.

Le parvis était encombré de badauds. Helen s'installa sur le coin d'une marche pour donner le sein à Myriam qui commençait à exprimer sa faim. Pendant ce temps, Séraphin allait en éclaireur leur trouver un endroit où ils pourraient enfin se reposer. Lorsqu'il revint, l'enfant s'était rendormie. Il guida sa femme à l'intérieur. Ils s'étendirent à même le sol et s'endormirent aussitôt, Myriam entre eux.

Le calme régnait dans l'enceinte de la cathédrale. Quand ils se réveillèrent, le jeune homme partit en quête de nourriture. Quand il revint c'est avec appétit qu'ils dévorèrent le pain et le lard qu'il ramena. Le somme et la collation les avaient revigorés. Myriam était le brin d'optimisme qu'il leur fallait.

Ils passèrent la journée dans la cathédrale. Séraphin sortait quelquefois pour aller s'informer et connaître l'étendue de l'incendie. Une fumée noire s'étendait sur une majeure partie sud de la cité. Les rumeurs indiquaient que Lord Mayor hésitait à envoyer une équipe de démolition pour créer un coupe-feu. Il pensait que la situation n'était pas aussi critique et que les pompiers viendraient à bout de l'incendie. Fleet-Street était le théâtre d'un immense exode vers les portes du mur qui cernait la cité. Les gens emportaient toute leur vie dans des carrioles, les enfants pleuraient, les femmes criaient. Seule l'enceinte de pierre de la cathédrale était préservée de l'agitation. Helen et Myriam étaient à l'abri et c'est ce qui importait à Séraphin.

Alors que le soir commençait à tomber et qu'il remontait les marches de l'édifice, il entendit son nom résonner. L'appel se répéta.

C'était bien lui que l'on appelait.

Il se tourna vers les appels. Il y avait tant de monde sur le parvis et un tel brouhaha, qu'il en eut le tournis. Il finit par repérer d'où partaient les appels.

À quelques mètres se trouvait un groupe d'hommes. Il étira son cou pour mieux voir, et aperçut un vieil homme basané. C'était Foued !

Une immense joie lui traversa le corps, comme s'il venait de découvrir un trésor. Ils se jetèrent dans les bras l'un de l'autre, les larmes aux yeux. Ils s'observèrent comme s'ils voulaient vérifier que tout allait bien, qu'ils n'étaient pas blessés.

Foued parla le premier :

— Et Helen, où est-elle ? Elle va bien ?

Pour toute réponse, Séraphin lui un fit signe de la tête pour lui indiquer de le suivre à l'intérieur. Quand ils arrivèrent, Helen finissait de donner le sein à sa fille. Lorsque leur ami aperçut l'enfant, il fut pris d'un fou rire jusqu'à ce que Séraphin lui mette le bébé dans les bras, tout en disant :

— Voilà notre fille Myriam. Myriam, voici mon ami Foued. Il sera comme un grand-père pour toi.

Foued resta interdit, n'osant pas bouger. Son regard alla du nourrisson à son employé et de

Séraphin à Helen. Un regard qui s'emplit de larmes.

Tout à coup, Helen se leva d'un bond en criant :

— John ! John ! Tu es en vie !

Le frère et la sœur se jetèrent dans les bras l'un de l'autre, avant d'être rejoints par Séraphin. Après les retrouvailles, le jeune papa prit sa fille dans ses bras et la présenta à son beau-frère qui en resta bouche bée.

— Myriam, je te présente ton oncle John. Maintenant la famille est au complet.

John dévisagea sa sœur avec fierté, ce qu'Helen perçut dans son regard. Puis il tendit les bras pour saisir l'enfant contre lui. Il l'observa, ne cessant de lui faire des éloges.

Le cœur léger, ils s'installèrent dans un coin de la cathédrale. John avait récupéré des couvertures et quelques victuailles avant d'évacuer sa maison. Ils installèrent ainsi un abri de fortune, mais peu leur importait, ils étaient heureux d'être enfin réunis. Pendant le repas, les conversations allaient bon train. Chacun voulait raconter ses péripéties.

Ils s'arrêtaient de parler dès qu'une personne entrait dans la cathédrale et donnait des nouvelles de l'incendie. À ce moment, ils sentaient de la peur et de l'inquiétude. John tentait de dissiper ses craintes :

— L'incendie sera bientôt éteint. Lord Mayor lui-même en est convaincu puisqu'il ne veut pas envoyer de démolisseurs. Et ici, on est à l'abri, le feu est loin.

— Tu as raison, répondit Séraphin, et nous sommes tous ensemble et bien en vie.

Et ces quelques paroles suffisaient à rassurer. La peur s'évanouissant, ils poursuivirent leurs conversations jusqu'à en être épuisés. Ils s'allongèrent sur les couvertures pour s'endormir aussitôt. Le calme régnait dans la nef.

C'est au petit matin qu'une femme surgit à l'intérieur de la cathédrale en hurlant :

— Le feu ! Le feu ! Il arrive par ici ! Vite, il faut fuir !

Il était encore très tôt et chacun dormait profondément. Ses hurlements réveillèrent quelques personnes, et la situation s'emballa rapidement. Par les portes entrouvertes, une fumée noire commençait à envahir l'intérieur. La panique gagna la foule, qui, se bousculant, essayait de gagner l'extérieur. Séraphin attrapa sa fille qui, surprise, hurla. Puis il ordonna à Helen, Foued et John de le suivre. Sa voix était à peine audible, tellement les cris autour d'eux étaient intenses. Ils longèrent les murs afin de ne pas être renversés et piétinés. À force d'efforts, ils arrivèrent sur le parvis alors que les flammes commençaient à lécher les parois de Saint-Paul. La fumée était dense, et ils avaient du mal à respirer. La cathédrale s'embrasa d'un seul coup.

Séraphin, sa fille dans ses bras, tirait Helen par la main. Ils étaient suivis de John qui soutenait Foued. Le chemin vers Newgate, une des portes du rempart de la cité, était bloqué par les flammes. Ils durent rebrousser chemin. Les pierres de la cathédrale commençaient à éclater sous la chaleur. Des morceaux de plomb en fusion inondaient les rues. Ils atteignaient et brûlaient de nombreuses personnes qui s'écroulaient en hurlant de douleur.

Helen trébucha et chuta. John s'empressa d'aller la relever lorsqu'il reçut des éclats de plomb et de pierre. Ses vêtements s'embrasèrent et il s'enflamma comme une torche. Nul ne put rien faire. Helen hurla. Séraphin la prit par le bras et la tira en direction de Moorgate, une porte au nord de la cité. Il fallait vite se mettre à l'abri.

Foued, immobilisé par l'horreur de ce qu'il voyait, demeura ainsi prostré, au milieu d'une pluie de pierres qui l'épargnaient comme par miracle. Il resta figé devant le corps calciné de John. Il distinguait un corps noirci et recroquevillé, qui semblait encore implorer de l'aide. On le bouscula et sa tête alla heurter le sol. Il resta ainsi, inconscient pendant quelques minutes. Quand il revint à lui, la chaleur commençait à être insoutenable. Il jeta un regard vers John, comme pour s'assurer que ce n'était pas un cauchemar et entreprit de fuir aussi vite que ses jambes le lui permettaient.

Pendant ce temps, Séraphin et Helen atteignirent Cheapside. Quelques centaines de mètres les séparaient de Moorgate. Helen, paniquée, tentait de calmer Myriam qui hurlait. Les flammes étaient loin derrière eux et Séraphin décida de faire une pause.

Il s'approcha d'Helen, la prit dans ses bras et d'une voix posée, lui dit :

— Pense à Myriam, à notre fille.

Les yeux voilés par les larmes, Helen le regarda et éclata en sanglots. Ensemble, ils pleurèrent.

Puis il fut temps de repartir et, sans un mot, ils s'engagèrent sur un chemin étroit. Helen serrait Myriam contre elle. Elle se sentait épuisée et avait du mal à suivre Séraphin qui marchait en éclaireur, quelques mètres devant elle. Les gens affluaient de toutes parts.

Ils aperçurent un groupe d'hommes armés de bâtons et de cordes s'approcher. Séraphin les arrêta afin de leur demander si le feu avait atteint Moorgate. Sans qu'il ait le temps de réagir, les hommes le rouèrent de coups. Helen hurla. Ses cris furent mêlés à ceux du groupe d'assaillants. Impuissante, elle assista à la scène, voyant Séraphin se débattre comme un tigre. Son accent l'avait trahi. La foule en délire, envahie de furie, poussait Séraphin à coups de bâton vers un arbre. Les hurlements résonnaient dans la tête d'Helen. Elle serra sa fille contre elle, avec force.

— Sale français, c'est vous qui avez incendié nos maisons. Vous demeurez et serez toujours nos ennemis. Vous avez essayé de nous détruire.

— Qu'on le pende ! hurlaient d'autres.

— À mort le Français !

Séraphin, emporté par cette vague humaine pleine de haine, disparut de la vue d'Helen, quand elle sentit une main lui agripper le bras. Terrorisée et paralysée, elle faillit laisser glisser Myriam.

Mais ce n'était que Foued, le visage et les mains noircies, marqués de brûlures.

Elle hurla :

— Foued, ils vont le tuer !

Elle tourna le regard en direction de Séraphin et fut saisie par ce qu'elle vit. Muette d'horreur, incapable de crier sa détresse, elle vit une foule d'hommes et de femmes acclamer l'être qui gesticulait dans le vide, pendu à la branche d'un arbre.

Cet homme, c'était Séraphin !

Les yeux embués, Foued s'approcha d'elle et dit :

— Certains accusent les Français, ennemis de l'Angleterre, d'être à l'origine du sinistre. Nous devons partir Helen, avant qu'ils réalisent que vous étiez ensemble et que Myriam est sa fille. Vite, suis-moi ! dit-il en tirant son bras sans ménagement.

Tel un automate et serrant son enfant en pleurs contre sa poitrine, Helen suivit Foued. Pas une larme ne coulait, comme si la source était tarie.

Sous le choc, incapable de penser, elle se laissa guider sans un regard vers le corps inanimé de Séraphin.

Bientôt, ils arrivèrent à Moorgate avec des milliers d'autres personnes. La porte, trop étroite, ne laissait pas passer la foule. Les chevaux et les carrioles bloquaient toute sortie de l'enceinte. De l'autre côté, les démolisseurs envoyés par le roi Charles II, tentaient en vain de pénétrer dans la cité.

La panique régnait.

Foued entraîna Helen et Myriam vers une nouvelle porte, Aldgate, plus à l'ouest. A leur arrivée, la foule était moins dense et plus ordonnée. Ils s'insérèrent dans la file et purent sortir de l'enceinte. Se sentant enfin en sécurité, comme des milliers d'autres, ils s'effondrèrent sur des pierres et laissèrent libre cours à leur chagrin.

Foued s'approcha d'Helen et lui souffla :

— Je m'occuperai de vous deux. Je ne vous abandonnerai jamais !

15

Tom ne faisait rien de particulier ce jour-là. Depuis qu'il avait été libéré, il n'avait vu personne. Il restait cloîtré dans son appartement du second étage, au 16 Higgins Street, un espace spacieux et clair. Il avait demandé quelques jours de congé, ayant besoin de rester seul.

Quelques articles avaient évoqué leur histoire dans la presse anglaise, mais sans s'attarder sur le procès, qui s'était soldé par un non-lieu. L'affaire n'intéressait pas le grand public. Deux journalistes accusés par erreur d'appartenir à l'IRA.

C'était le crash d'un Airbus qui faisait la une, emportant avec lui 222 personnes au fond du

Pacifique.

Depuis cinq jours, il errait d'une pièce à une autre, de la télévision à la bibliothèque, de la bibliothèque à la cuisine, incapable de se concentrer sur ses activités. Chaque fois, son esprit s'évadait. Il revoyait la prison et le jugement.

Un bruit de tôle froissée l'attira vers la fenêtre. Il vit dans la rue une berline qui venait d'emboutir une barrière en se garant. Il observa la scène. Le jeune conducteur, dépité, bondit hors de la voiture pour constater les dégâts.

Mais Tom oublia rapidement le jeune homme, ainsi que la voiture et les passants qui s'étaient arrêtés. Seule la voix du magistrat de l'accusation résonnait dans sa tête.

On sonna à la porte, une première fois, puis une seconde.

Tom revint à la réalité. Il remua la tête vers l'entrée. Le tintement de la sonnette fut remplacé par des coups. Nonchalant, Tom alla ouvrir. Il savait que c'était Sean, son intuition le lui soufflait.

Il trouva effectivement le journaliste sur le seuil. Il était accompagné d'un homme d'une soixantaine d'années, portant un jeans et un pull-over marron à col roulé :

— Enfin ! s'exclama Sean, j'ai bien cru que tu

ne voulais pas ouvrir.

— J'y ai pensé. J'avais envie d'être seul !

— Encore ! La prison ne t'a pas suffi !

Le ton cinglant qu'employa Sean ne perturba pas Tom, qui ouvrit la porte en grand.

Sean continua :

— Tu nous couves une dépression. Et puis, ne serait-ce pas à moi de t'en vouloir ?

Tom se dirigea sans un mot vers la cuisine.

— Installez-vous, je vais préparer du thé.

Sean fit entrer l'inconnu et l'invita à s'asseoir sur le sofa. Un rapide coup d'œil à la pièce suffit à Sean pour comprendre, en voyant le désordre, que Tom se laissait aller. Celui-ci réapparut avec trois tasses fumantes qu'il posa sur la table basse, encombrée de revues. Chacun prit son mug et un silence persista.

Tom se tourna vers son ami et lui dit :

— Je suis désolé pour tout ce qui t'est arrivé. Je ne comprends pas !

— Il n'y a rien à comprendre ! C'était juste un concours de circonstances. Je sais bien que tu n'as rien à te reprocher, j'étais là. Tu as juste ressenti un danger et tu t'es écouté. Et heureusement, car grâce à toi, je suis en vie aujourd'hui. Fais comme moi, reste positif.

— Tu ne comprends pas ! Ce truc que je ressens ne m'a apporté que des ennuis depuis l'enfance. Mais jamais aussi loin ! hurla Tom. Comment veux-tu que je reste positif ?

Sean afficha un air serein et attendit que Tom se calme avant de continuer :

— Ces derniers jours, j'ai beaucoup réfléchi à cette sorte de sixième sens. Tu connais le docteur Larmann qui est membre de la Parapsychological Association de Londres ?

Tom, perplexe, considéra le journaliste en silence.

Ce dernier continua :

— Le docteur Larmann est chercheur en parapsychologie et travaille dans un laboratoire universitaire de Goldsmith à Londres. Je l'ai rencontré et je lui ai parlé de toi.

— Et alors, où veux-tu en venir ? Tu aimerais que je serve de cobaye ?

— Non, pas contre ta volonté. Je n'ai pas envie de m'attirer tes foudres, dit-il en riant. J'ai beaucoup discuté avec ce professeur. Tu comprends, moi aussi, j'ai eu ma part d'émotions. Je me sens concerné jusqu'au fond de mes tripes. Si j'ai fait tout cela, ce n'est pas que pour toi, mais aussi pour moi. C'était comme si j'avais besoin d'exorciser la totalité de ce qui m'est arrivé.

Il se tut et but une gorgée de thé.

Tom semblait perdu dans ses pensées, son

regard était vide. Il sentait que Sean avait raison et il comprenait ce besoin de savoir puisque lui-même le ressentait.

Il réalisa que sa lassitude des derniers jours n'était pas liée au jugement, mais à cette intuition phénoménale qu'il ne comprenait pas. Cela suscitait son intérêt.

Se tournant vers lui, il attendit qu'il ait reposé sa tasse pour lui dire :

— Et alors, tu as découvert quelque chose ?

Sean sourit et reprit :

— Tout ce que j'ai compris, c'est que ces perceptions que tu ressens ne peuvent pas s'expliquer sur le plan biologique, ni sur le plan physique. Mais ne t'inquiète pas, tu ne deviendras pas un rat de laboratoire et aucune expérience ne sera faite sur toi. Le docteur Larmann m'a fait rencontrer quelqu'un, conclut-il en se tournant vers l'inconnu assis à ses côtés.

Ce dernier sourit à Tom en laissant le soin à Sean de le présenter :

— Voici James Logan, un médium. Son nom te dit peut-être quelque chose ?

Tom ne répondit pas. Sean continua.

— Il a fait la une des journaux télévisés, il y a vingt ans, dans l'affaire Sanks.

— Effectivement, le nom me parle...

— Rappelle-toi ces trois fillettes qui ont disparu à la sortie de l'école. L'enquête piétinait jusqu'à ce que l'on retrouve le corps mutilé de l'une d'entre elles, dans une décharge publique. La police ne détenait pas le moindre indice si ce n'est le mouchoir de l'assassin, retrouvé au fond de la gorge de la petite victime. Les médias et l'opinion publique obligèrent la police à tout essayer jusqu'à faire intervenir un médium : James Logan. Il a travaillé sur le corps de l'enfant et sur le mouchoir. Grâce à ses visions, Scotland Yard a pu mettre un terme à l'enquête et arrêter le coupable. L'assassin a été capturé et pendu.

— Je ne comprends pas, quel est le rapport avec moi ? demanda le photographe.

Sean lança un regard complice à l'homme. Ce dernier s'adressa alors à Tom, d'une voix paisible et envoûtante :

— Je vais vous l'expliquer moi-même. Je n'exerce plus mon activité de médium, du moins officiellement. Je me suis, disons, reconverti. Tout au long de ma vie, j'ai croisé des gens qui étaient dotés de dons et qui en étaient effrayés. J'ai commencé à m'intéresser à chacune de leurs histoires, lorsqu'une très jeune fille m'a harcelé. C'était une adolescente qui avait des prédispositions à la télépathie. Ce don l'obsédait tellement, qu'elle s'était repliée sur elle-même, coupant tout contact avec les autres, pour ne plus entendre « ces maudites conversations dans sa tête », comme elle expliquait. Elle avait l'impression de devenir folle et en était terrifiée. Elle m'appelait jour et nuit au téléphone, ou m'attendait dans la rue. J'ai dû faire appel à la police. Ce n'est que bien plus tard que j'ai appris qu'elle avait mis fin à ses jours après une dépression sévère.

L'homme se tut et fixa sa tasse. Tom et Sean respectèrent son silence.

James Logan souffla et continua :

— Cela a été le déclic. J'ai laissé tomber mes activités de médium et je me suis consacré à aider ceux pour qui leur don était devenu un cauchemar. Je me suis intéressé à l'histoire de chacun. J'ai compris que ce qui effrayait le plus, était tout simplement qu'ils ne le contrôlaient pas. Alors, je les ai aidés à comprendre et à maîtriser leur don. La plupart d'entre eux ont pu reprendre une vie normale.

— Je commence à comprendre, coupa Tom. Avez-vous réussi à débarrasser de cette faculté ?

— Pour certains, oui. Mes recherches s'appuient sur la parapsychologie. Ces perceptions viennent souvent d'un conflit intérieur, de ce que chacun a vécu dans son enfance. Je m'explique. Prenons notre ressenti par exemple Lorsque nous naissons, nous avons tous une perception des choses. Nous savons instinctivement ce qui est bien ou mal. Et pourtant, bien souvent nous ignorons notre instinct pour plaire aux autres. Nous adoptons leur direction et non la nôtre. Nous sommes frustrés en quelque sorte. Mais nous sommes inégaux, certains sont beaucoup plus sensibles que les autres. A l'âge adulte, les plus sensibles peinent à suivre leur instinct. Et c'est là que l'inconscient refait surface. C'est l'inconscient qui prend le dessus sans que nous puissions le contrôler. Mon rôle est alors d'aider la personne à parler et à analyser ce qui a déclenché cette situation. Je veux comprendre à quelle période de sa vie tout a basculé et pourquoi elle a perdu son ressenti. C'est peut-être, par exemple, une mère autoritaire dont l'enfant faisait tout pour lui plaire et gagner son amour, etc., etc.

— Pff ! lâcha Tom. Vous pensez que je vais perdre ce don, juste en vous parlant de mon enfance.

Il se mit à rire. L'homme sourit avant de répondre :

— Je suis avant tout médium dans l'âme, même si je n'exerce plus officiellement. J'arrive à lire en vous. Je sais que vous avez vécu un traumatisme. Ce dernier a peut-être réveillé ce don.

Le sourire de Tom se figea. Il se redressa, le visage sérieux. Il regarda James Logan droit dans les yeux. Sean, qui observait la scène, comprit que son invité avait touché le point sensible.

— Et vous, commença Tom, quel est le traumatisme qui vous a fait devenir médium ?

— Moi, c'est tout naturellement. Très jeune, je me suis intéressé à l'ésotérisme. Je jouais avec des amis à faire tourner les tables et à essayer de parler avec les esprits, en vain.

À ces mots, il se mit à rire et continua :

— Adolescent, je me suis fabriqué un pendule avec une bague que l'on m'avait offerte. À force de persévérance, j'ai appris à m'en servir. Au fil du temps, j'arrivais à trouver des objets que mes amis cachaient. Oh, au début, cela ne marchait pas, mais à force de ténacité, je suis vite devenu très doué. Puis, j'ai rencontré un médium qui m'a beaucoup appris et guidé. Ce don, je l'ai cherché et je l'ai trouvé grâce à ma persévérance. Je l'ai puisé dans mes ressources énergétiques.

Tom se leva et commença à arpenter la pièce. Il regarda tour à tour Sean et James.

Puis, il leur tourna le dos et dit :

— Ce traumatisme dont vous parliez tout à l'heure, il a eu lieu, il y a vingt-six ans. J'avais dix ans.

Au son de sa voix, son ami et le médium comprirent que Tom souhaitait une pause pour évacuer toute l'émotion enfouie et qui remontait à la surface. Les deux hommes l'observèrent en silence.

Puis Tom se retourna, leur sourit et vint s'asseoir en face d'eux avant de continuer :

— Ma mère était orpheline. Mon père était un homme bourru avec un cœur tendre. Il était tout le temps présent pour moi. Ma mère m'aimait aussi, mais c'était différent. Contrairement à lui, elle n'avait jamais de gestes tendres envers moi et c'était une personne qui parlait peu. Elle ne pouvait rien faire sans mon père. Se retrouver seule l'épouvantait. Je n'ai jamais su pourquoi. Il y avait une autre chose. La nuit, toutes les lumières de la maison devaient rester allumées. Un soir, je les ai toutes éteintes et j'ai attendu derrière la porte de la chambre de mes parents. Puis, j'ai entendu des plaintes et des gémissements. C'était ma mère. Elle se tenait recroquevillée dans un coin de la chambre, les bras sur les oreilles. Elle se balançait tout en gémissant. J'ai eu très peur lorsque je l'ai vue.

Personne ne m'a grondé, mais je n'ai plus jamais recommencé. Mis à part le comportement étrange de ma mère, nous étions heureux tous les trois. Notre famille se limitait à une vieille tante du côté de mon père qui nous rendait visite de temps en temps. Elle me gâtait énormément. Du reste, c'est elle qui m'a offert mon premier appareil photo.

Tom s'arrêta de parler et sourit à cette dernière pensée. Il regarda Sean qui lui redonna son sourire en disant :

— Elle a bien fait, elle doit être fière de toi aujourd'hui !

— Malheureusement, elle est décédée avant la fin de mes études. Mais je sais qu'elle a toujours eu foi en moi. Bref, j'étais le plus heureux des enfants jusqu'à ce vendredi. Mes parents avaient décidé d'aller effectuer quelques achats dans Londres. Nous habitions en banlieue nord. C'était un 18 novembre. Ils sont descendus à King's Cross Station pour prendre une correspondance. Ce qu'ils ignoraient, c'est qu'un homme avait jeté une allumette dans les escalators après avoir allumé sa cigarette un peu plus tôt. La poussière et la graisse accumulées sous le mécanisme se sont embrasées, coinçant les gens sur le quai comme des rats. Une rame est passée à ce moment-là, mais sans s'arrêter, laissant derrière elle trente et une victimes, mortes asphyxiées ou brûlées.

Tom s'interrompit les larmes aux yeux. Il ne les essuya pas et reprit :

— Mon père et ma mère m'ont quitté alors que j'avais à peine dix ans. Ils n'ont pas perçu le danger. Ils auraient dû fuir !

Il releva la tête et ajouta :

— Ma grand-tante qui m'a élevé avec tout l'amour qu'elle a pouvait.

James Logan attendit un instant avant de répondre :

— Votre don vient peut-être de là. Vous auriez voulu que vos parents ressentent le danger. Inconsciemment, vous ressentez le danger pour eux. Je crois que sur cela que vous devez travailler. Savez-vous si vos ancêtres avaient ce don ?

— Non, ma mère était orpheline et je ne connaissais rien de son passé. Ni mon père ni ma grand-tante ne m'ont raconté quoi que ce soit de tel. Pourquoi ?

— Parce que, généralement, les dons sont héréditaires. Le sixième sens est une sorte de perception subtile que nous avons tous, j'en suis sûr, mais nous ne savons pas l'utiliser. Ce savoir fait bien souvent partie de notre héritage génétique. Et si vos aïeux avaient su l'utiliser, ils auraient pu le transmettre dans votre hérédité. L'attitude étrange de votre mère pourrait y être liée.

— Pourquoi dites-vous que j'ai un sixième sens ? Je ne prédis rien. Je ne peux pas expliquer ce que je ressens. C'est comme une sorte d'alerte.

— Cette faculté est une vibration que nos sens rationnels ne peuvent ni percevoir ni comprendre.

Tom considéra le médium, stupéfait.

Ce dernier continua :

— Si vous le voulez, nous pourrions travailler ensemble. Il reste à savoir si vous voulez apprivoiser ce don ou vous en débarrasser.

— Je veux mener une vie ordinaire, être comme tout le monde. Aidez-moi à me débarrasser de ce sixième sens, comme vous l'appelez !

16

La femme la gratifia d'un sourire. Pénélope se leva pour marquer la fin de la séance, et la cliente sortit de la roulotte avec un soupir de satisfaction. C'était normal, elle lui avait prédit que son homme reviendrait vivre auprès d'elle.

Pénélope était une beauté sauvage et élancée. Ses longs cheveux ondulés tombaient sur ses épaules dénudées et son teint mat soulignait ses grands yeux bleus.

Une fois la cliente partie, elle ouvrit grand les rideaux et les battants de la fenêtre, et se pencha dehors. Elle ferma les yeux. Aujourd'hui, le soleil était généreux. Elle appréciait la chaleur qui transperçait son corps. Elle avait l'impression que cela la réconfortait et cette perception lui procurait un peu de bonheur.

Du bonheur, voilà à quoi elle aspirait en cet

après-midi de mai 1943.

Elle entendit quelqu'un crier son nom. C'était Cecilia, Italienne et trapéziste qui la saluait de loin. Depuis quatre ans maintenant, Pénélope partageait sa vie avec les artistes du cirque, de toutes nationalités, paradoxalement en cette période de guerre entre différentes citoyennetés. Il y avait Paulo, son mari, un écuyer italien, avec qui elle avait eu une petite fille, Judith, maintenant âgée de 6 ans. Hans, l'Allemand, partageait son numéro de trapéziste avec Cecilia. Arthur, le seul Anglais comme elle, était dresseur de fauves et effectuait aussi un spectacle de funambule. Claude, la Française, secondait Arthur dans son numéro de dresseur, ainsi que Paulo avec ses chevaux. Quant au rôle de clown, il était réservé à Vladimir, un Russe qui avait rejoint la troupe quelques mois auparavant. Tout ce petit monde était employé par monsieur Bertrand et sa femme. Ils avaient créé ce cirque dix ans auparavant en France. Puis, ils s'étaient exilés en Angleterre avant la guerre. Tous les deux présentaient un numéro d'équilibristes.

Le rire d'un enfant tira Pénélope de ses pensées. C'était Judith, sa fille, qui revenait, galopant devant son père :

— Une véritable voltigeuse à cheval, lança-t-il à l'intention de sa femme. Sous peu, elle pourra m'accompagner dans un numéro. Je suis fier d'elle.

Ces derniers mots firent éclater l'enfant de

rire. Pénélope sourit. La vie était agréable malgré le conflit mondial. Bien qu'il y ait des restrictions de nourriture, ils ressentaient à peine la guerre. Ils n'écoutaient pas la radio et vivaient dans leurs caravanes loin des grandes villes. Ils ne circulaient que dans les villages et à chaque représentation le chapiteau était plein. Malgré leurs nationalités diverses, l'équipe était soudée. Ils étaient tous unanimes à ce sujet, la guerre était l'œuvre d'un seul homme avide de pouvoir.

Paulo et Judith pénétrèrent dans la roulotte. La petite fille alla se réfugier dans les bras de sa mère pendant que son père se jetait sur le lit conjugal.

— Ah ! Je vais me reposer un peu. Ce soir, il y aura du monde élégant dans le public. Je dois être au mieux de ma forme. Et toi, Penny, tu as eu des clients aujourd'hui ?

Pénélope répondit par l'affirmative, et elle lui sourit. Elle aimait bien lorsqu'il l'appelait Penny. Elle trouvait le mot tendre.

Elle se rappela leur rencontre, en été. À cette époque, elle vivait des quelques pièces que lui donnaient ceux à qui elle prédisait l'avenir.

Lorsqu'elle aperçut le cirque arriver dans son village, elle voulut s'immiscer dans la vie des artistes. Elle alla les observer, et aperçut d'abord Paulo.

Il était vêtu de son costume somptueux blanc et doré. Il s'entraînait sur la piste, les bras en croix, debout sur son cheval de la même couleur que sa tenue. Pénélope ne put en détacher son regard. Le spectacle l'avait émue, et l'homme était si élégant et séduisant. Quand Paulo la vit, il ne la chassa pas et lui proposa même de venir caresser son cheval. Lui non plus n'était pas resté insensible à la beauté et au charme de Pénélope. Cette dernière fut immédiatement intégrée dans la troupe, continuant à lire les cartes, à chaque étape du cirque.

— De qui veux-tu parler ? s'enquit-elle.

— Il y aura Lord Mayor, sa sœur Lady Mary et quelques personnalités du coin.

Pénélope lui sourit :

— Alors repose-toi bien, tu dois être parfait ce soir. Viens Judith, on va nourrir les chevaux.

Elle embrassa son mari et sortit de la roulotte, suivie de l'enfant. Elle croisa monsieur et madame Bertrand, avec qui elle échangea quelques mots. Elle avait confiance en eux, surtout en lui, qui se montrait très paternel avec elle. Le couple était âgé, et leur numéro était réduit à une danse sur des ballons. Ils continuaient à diriger le cirque, mais se retiraient peu à peu du spectacle. Comme ils n'avaient jamais pu avoir d'enfant, ils partageaient le surplus d'amour avec chacun des membres de la troupe.

Et chacun le leur rendait bien.

Les chevaux étaient attachés derrière le chapiteau. Tandis que Judith cueillait quelques fleurs, Pénélope brossait les chevaux et leur donnait du fourrage.

Son préféré, Flocon, était un superbe pur-sang aussi blanc que la neige. C'était celui-là même sur lequel s'entraînait Paulo, la première fois qu'elle le vit. Elle lui caressa les naseaux en souriant, se souvenant de leur première rencontre.

Elle murmura à son l'oreille :

— Ce soir, tu dois être le meilleur. Des personnalités viendront vous voir, toi et Paulo. Je compte sur toi !

En revenant Pénélope et sa fille traversèrent le chapiteau par l'intérieur. Cecilia et Hans s'entraînaient et elles restèrent un moment à les contempler. Hans se balançait de plus en plus vite, tandis que Cecilia guettait le moment adéquat pour se lancer dans le vide, avant qu'il la rattrape par les mains. Cette acrobatie effrayait chaque fois Pénélope. Elle admirait Cecilia pour son courage.

La foule commença à arriver vers seize heures, chacun voulant voir et toucher les animaux avant de s'installer sous le chapiteau. C'était madame Bertrand qui était à la caisse pendant que les artistes se préparaient. Pénélope aidait Vladimir à se maquiller pour son rôle de clown. Il devait être le premier à entrer en piste. Il faisait l'ouverture et le lien entre les numéros.

Elle retourna à la roulotte pour aider Paulo à enfiler son costume si moulant, qu'il soulignait ses muscles. Judith, assise sur le lit, les *observait. Fière de son papa, elle ne manquait jamais aucun de ses spectacles.*

Seize heures trente. La tension montait à l'approche de la représentation. Pénélope savait que Paulo ressentait la nécessité de sortir marcher un peu ; il avait besoin de prendre l'air.

Elle s'apprêtait à le lui suggérer, lorsque quelqu'un tambourina à la porte. Elle alla ouvrir. Une jeune femme élégante, vêtue d'une robe luxueuse, se tenait au pied des marches. Son léger sourire creusait de petites fossettes aux coins des lèvres :

— Bonjour, je suis Lady Mary, la sœur de Lord Mayor.

— Oh, mon Dieu ! balbutia Pénélope.

— On m'a dit que c'était la roulotte de la diseuse de bonne aventure. Je sais que j'arrive à l'improviste, mais le spectacle n'étant que dans trente minutes, je me suis dit…

— Oh, oui, entrez. Mon mari et ma fille allaient justement sortir.

Elle lui prit la main et l'aida à monter. Paulo pris Judith dans ses bras et sortit en lançant un clin d'œil à Pénélope, qui lui rendit son sourire. Elle fit asseoir Lady Mary sur un tabouret, puis éteignit quelques bougies.

Elle voulait créer une ambiance plus intime. Elle sortit son jeu de tarot d'un tiroir et s'installa face à Lady Mary. Son cœur battait fort dans sa poitrine, tant elle était excitée par la venue de cette dame dans sa roulotte.

— Que préférez-vous Lady Mary, les cartes ou la lecture des lignes de la main ?

— Je ne sais pas trop, c'est la première fois. J'ai entendu dire que vous êtes très douée, alors j'ai voulu essayer. Que me conseillez-vous ?

— Les cartes, Lady Mary !

— Alors, allons-y pour les cartes ! répondit-elle, avec une excitation enfantine.

Pénélope coupa plusieurs fois le jeu, puis demanda à sa cliente de rassembler les paquets de sa main gauche. Puis, elle forma plusieurs petits tas qu'elle disposa sur la table. Elle retourna la première carte et sourit :

— Je vois une personne très attachée à vous.

À cette annonce, les joues de Lady Mary se mirent à rosir :

— Nous n'avons pas encore officialisé les choses. Dites m'en plus.

— Alors, coupez ce tas en deux et retournez les premières cartes avec votre main gauche.

La femme s'exécuta, attendant que Pénélope lui dise ce qu'elle apercevait.

— Je vois un uniforme… je dirais un soldat peut-être…

— Un officier ! Continuez ! dit Lady Mary en frappant joyeusement dans ses mains.

— Il y a beaucoup de sang autour de lui, mais je vois qu'il reviendra. Il sera blessé, mais sans gravité et rentrera chez lui.

— Dieu soit loué ! Et les autres cartes ?

Pénélope observa la carte suivante. Elle annonçait un voyage imminent.

Lady Mary l'interrompit :

— Assurément ! Mon frère part pour Londres dans deux jours pour une réception donnée par Winston Churchill et je l'accompagne. J'aimerais aussi aller à l'opéra et visiter les belles boutiques dont on me parle. Je dois admettre que vous êtes à la hauteur de ce que l'on m'avait raconté.

— Merci, répondit Pénélope avant de soulever la carte suivante.

Son sourire se figea. Elle n'osait pas lever la tête. Des frissons lui parcoururent le corps. C'était la première fois que cette carte apparaissait. Elle prit quelques secondes avant de dire :

— Excusez-moi, je suis fatiguée, j'ai du mal à lire les cartes ce soir. Le spectacle va commencer. Vous comprenez... Je suis réellement désolée. Revenez une autre fois.

Lady Mary sembla stupéfaite avant de réagir :

— Vous mentez ! J'en suis sûre ! J'ai remarqué votre air à la vue de celle-ci, cria-t-elle en attrapant la carte et en la jetant sur Pénélope. Dites-moi la vérité, je veux savoir !

— Non, je ne peux pas... Je suis trop fatiguée, partez, je vous en prie !

— Non, regardez-moi dans les yeux !

En prononçant ces mots, Lady Mary se leva furieuse. Elle fit le tour de la table et attrapa le menton de Pénélope et planta son regard dans le sien :

— Maintenant, elle ajouta en insistant sur chaque syllabe, dites-moi la vérité !

Pénélope détourna la tête et murmura :

— La carte… représente le malheur !

— Quelle sorte de malheur ? hurla la visiteuse.

— Elle représente la mort et la trahison !

Accablées, les deux femmes se turent. Lady Mary s'effondra sur sa chaise, abasourdie. Ses idées s'embrouillaient ; Tout lui semblait irréel. Sous peu, elle se réveillerait, loin de cette femme et de ses maudites prédictions.

Pourtant, elle rompit le silence et demanda :

— Dites-moi tout, je veux des détails !

Pénélope, d'une main tremblante, coupa le tas en trois paquets et retourna chacune des premières cartes.

Puis, sans relever la tête, elle annonça :

— Je vois l'homme en uniforme, ainsi qu'un être très proche de vous, un frère peut-être… Oui, votre frère… Cette carte-là indique la trahison par un de vos proches et celle-ci… Celle-ci, la mort !

— Je ne comprends pas, soyez plus claire ! hurla Lady Mary.

Pénélope rassembla tout son courage avant de répondre :

— Votre amant et votre frère complotent votre mort !

La réaction de la Lady ne se fit pas attendre.

Elle cria :

— Vous mentez ! Comment osez-vous, je vous ferai condamner, vous et la troupe !

Ses hurlements attirèrent la foule. La porte de la roulotte s'ouvrit brusquement, laissant entrer Paulo, suivi d'une bonne dizaine de personnes, dont Lord Mayor. Les cris fusaient, rendant les conversations incompréhensibles. Lord Mayor essayait de calmer sa sœur.

Judith était restée dehors, effrayée et pleurant en silence. Elle vit Lady Mary sortir, accompagnée de son frère. Le calme était revenu.

Puis, elle entendit son père se disputer avec sa mère, qui répondait en hurlant. Celle-ci quitta la roulotte pour se diriger vers celle de Cecilia la trapéziste. Elle ne réapparut que le lendemain matin très tôt pour le petit déjeuner. Personne ne reparla de l'incident.

L'après-midi, Pénélope était au bout du campement en train d'étendre du linge. Elle sursauta à la vue de Lady Mary qu'elle n'avait pas vu arriver. Elle s'arrêta et recula. Lady Mary avait le visage fatigué et était très pâle. Elle s'arrêta à quelques mètres de Pénélope.

— Non, n'ayez pas peur, je ne vous veux aucun mal.

— Que désirez-vous alors ?

— Je n'ai rien dormi de la nuit. J'ai tout raconté à mon frère. Il m'a dit que vous n'étiez qu'une pauvre gitane qui ne cherchait qu'à dérober l'argent d'autrui en racontant des

sornettes.

Pénélope resta silencieuse, attendant la suite.

— Moi, je ne demandais qu'à le croire, mais le doute est là.

Elle balaya l'endroit du regard et alla s'asseoir sur un rocher. Elle attendit quelques secondes, puis reprit :

— Je l'ai épié hier soir, cette nuit, ce matin. J'ai intercepté toutes ses conversations téléphoniques… Et… Et je crois que vous aviez raison !

Pénélope posa son linge et vint s'asseoir près d'elle. Elles restèrent ainsi côte à côte, le regard loin devant, avant que Lady Mary ne continue :

— Je l'ai entendu parler avec James, mon bien-aimé.

Une larme perlant sur sa joue vint s'écraser sur sa robe :

— Ils parlaient d'un complot prévu lors de la réception à Londres. Un complot contre Winston Churchill et le général de Gaulle. Mon frère et James collaborent avec les Allemands.

Les derniers mots se perdirent dans des sanglots.

Pénélope étendit son bras autour des épaules de Lady Mary.

— Je suis désolée, dit-elle.

Puis elles restèrent silencieuses quand Lady Mary bondit de son rocher.

— Je vais rendre visite à mon frère. Il faut

que je lui parle. Il m'écoutera, je suis confiante. Je sais qu'il est à la tête du réseau et que les ordres viennent de lui. Il fera tout arrêter.

— Non, ne faites pas cela, lui cria Pénélope.

Mais elle s'était déjà éloignée.

Alerté par les cris, Paulo accourut vers elle. Il trouva sa femme debout, les bras pendants. Son visage exprimait la peur.

— Que se passe-t-il ? lança-t-il.

Pénélope se réfugia dans ses bras et lui raconta tout. À la fin de l'histoire, Paulo resta songeur.

— Elle a peut-être raison. Tout le monde connaît l'amour de Lord Mayor pour sa sœur. Il l'écoutera sans doute.

— Qu'allons-nous devenir ? sanglota la jeune femme.

— Nous partirons demain après la messe de la Pentecôte pour de nouvelles contrées. Tu iras confesser ton histoire au prêtre après la messe. Tu lui diras tout, il saura quoi faire. Ensuite, nous reprendrons la route. Pour le moment, essayons de penser à autre chose. Je vais t'aider à finir d'étendre le linge, puis on aidera les autres. Bientôt, nous serons loin.

Occupée au démontage du petit chapiteau, Pénélope parvint à évacuer son angoisse. Epuisée par ses efforts, elle s'endormit très vite et ne se réveilla qu'au petit matin.

Le lendemain, avec Paulo et Judith, elle se rendit à l'église pour assister à la messe de la Pentecôte. Pénélope serra très fort la main de *son mari tout au long du trajet.*

Malgré l'épais feuillage des arbres, la chaleur du soleil perçait et réchauffait leurs corps. La journée s'annonçait belle. Seul le gazouillis des oiseaux rompait le silence pesant de la forêt dense. En arrivant au village, ils virent la foule amassée devant l'église, en pleine effervescence. Les conversations allaient bon train.

— Si ce n'est pas malheureux, disait une femme.

— Une fille si jeune ! répliquait une autre.

Saisie d'une panique soudaine, Pénélope interpella une femme qui rejoignait un petit groupe.

— Veuillez m'excuser, madame, mais que se passe-t-il ?

La femme la dévisagea avant de répondre :

— C'est Lady Mary, la sœur de Lord Mayor. Elle est tombée de son balcon hier soir. Elle est morte au petit matin après de bien longues souffrances.

Pénélope sentit ses jambes se dérober sous elle.

Elle murmura les derniers mots de la femme, comme pour s'assurer qu'ils étaient bien réels. Elle regarda Paulo, aussi stupéfait qu'elle.

— Reste avec Judith, je vais voir le curé maintenant, lui lança-t-elle, déterminée.

Elle disparut et l'attente parut interminable à son mari. Non loin de lui, Judith s'amusait à entasser des cailloux. Paulo guettait la porte étroite par où il l'avait vue disparaître, attendant qu'elle réapparaisse. Enfin, Pénélope sortit.

Affolée, elle le chercha du regard et se précipita vers lui.

— Nous devons partir. Le prêtre nous conseille de fuir au plus vite. Si Lady Mary a tout révélé à son frère, nous sommes en danger. Allons vite retrouver les autres, il nous faut fuir d'ici.

Elle prit la main de sa fille, s'agenouilla face à elle et lui expliqua qu'il était temps de partir.

Quelques minutes plus tard, ils s'enfonçaient dans la forêt, sur le chemin du campement.

De leur côté, Cecilia et Hans s'inquiétaient de ne pas les voir revenir. Ils partirent à leur recherche dans la forêt. Paulo et Pénélope gisaient sur le chemin, mortellement blessés par de multiples coups de couteau.

L'horreur était indicible.

Près des corps de ses parents, Judith hurlait de terreur.

17

Cela faisait désormais deux mois que Tom avait rencontré James Logan. Ils s'étaient revus plusieurs fois. Tom se sentait bien en compagnie du vieil homme. Les rendez-vous se faisaient dans un pub, devant une bière. Ces conversations l'apaisaient. Maintenant, c'était avec le cœur léger et le sourire qu'il entamait ses journées. Ses collègues au journal avaient remarqué le changement et leurs relations s'étaient améliorées. Sean, quant à lui, ne partait plus en reportage sans Tom. Les liens s'étaient resserrés entre eux, au point de passer leur temps libre ensemble. Ils se voyaient tantôt sur un court de tennis, parfois pour un jogging dans Hyde Park.

Ce vendredi soir, Tom verrouilla sa porte pour se rendre au Holly Bush, un pub situé dans une rue parallèle à environ trois cents mètres de sa maison.

Lorsqu'il arriva, James Logan était déjà là, une pinte de bière devant lui. Il se commanda une boisson au bar avant d'aller le rejoindre. Comme à chaque fois, le médium l'accueillait à bras ouverts et avec le sourire. Ils parlèrent du quotidien avant que James n'entre dans le vif du sujet :

— Vous devez puiser dans le passé de votre famille. C'est le seul moyen de comprendre ce qu'il vous arrive. Et aussi, de ne pas refaire les erreurs de vos aïeux. Reformuler une constellation familiale en quelque sorte.

— Je ne vous suis pas très bien.

— Laissez-moi vous expliquer. On dit que la vie est un éternel recommencement. Si vous plongez dans le passé de votre famille, vous vous rendrez compte que les choses se répètent. J'ai joué de mon pendule, c'est du côté de votre mère qu'il faut chercher.

— Mais je ne connais rien de son passé. Elle était orpheline et je ne sais pas dans quelle institution elle était. Sur le seul papier que j'ai d'elle, elle est née de père et mère inconnus.

— Ne vous a-t-elle jamais parlé de son enfance ? Où est-elle née ?

— Je n'en sais fichtrement rien.

— Bon sang… rouspéta le médium contre ce manque d'information, il doit bien y avoir une piste… Ce comportement étrange que vous m'avez décrit. Essayez de vous souvenir, peut-être qu'elle consultait un psychologue ?

— Non, je ne crois pas… Enfin, je n'en sais rien.

James se mordit les lèvres et se recula dans son siège comme pour s'abandonner à ses réflexions.

Puis, tout à coup, il fit claquer ses doigts :

— Un docteur, s'exclama-t-il, vous deviez avoir un médecin de famille !

— Oui, je me rappelle très bien. Il me donnait des bonbons à chaque consultation. C'était le docteur… Le docteur Damaniou, non, Damianou. Oui, c'est cela ! Je revois encore son cabinet vieillot. Il était d'origine chypriote.

Tom sourit à James et soulevant sa pinte pour trinquer, il annonça joyeusement :

— Vous avez raison. Je vais commencer mes recherches par là. Vous m'avez motivé. Je ne sais sincèrement pas comment vous remercier.

— Lorsque votre but sera atteint, ce sera le meilleur des remerciements.

Puis il trinqua avec Tom. Quand ce dernier rentra chez lui, il se dirigea vers un meuble et entreprit de le fouiller à la recherche d'un vieil annuaire.

Comment n'avait-il pas eu cette idée plus tôt ?

Il était tard. Il savait qu'il ne pourrait joindre personne à cette heure, mais peu importait. Il voulait juste savoir si ce médecin était toujours en vie et surtout si son nom apparaissait dans ce vieux bottin. Il calcula mentalement. Lorsqu'il avait dix ans, ce docteur devait bien en avoir, disons, au moins cinquante.

Il se rappelait que ses tempes étaient un peu grisonnantes. Il lui semblait grand. Il avait une barbe en collier et des yeux noirs très perçants qui impressionnaient l'enfant qu'il était. Ses tenues étaient toujours irréprochables et il était souvent vêtu d'un pantalon en côtes de velours.

Tom fut agréablement surpris de retrouver des souvenirs qu'il croyait enfouis. Des détails lui revenaient par bribes, des objets, des visages… Tout en restant dans ses pensées, il tournait les pages et finit par tomber sur le nom qu'il recherchait.

Le médecin vivait toujours dans la même maison. Enfin ! Il disposait d'une piste. Il regarda l'horloge accrochée au mur, il était approximativement minuit. Malgré l'excitation, il devait aller se coucher.

Il se réveilla plusieurs fois, allumant afin de vérifier l'heure. La nuit lui parut très longue. Il finit par s'endormir sur le matin et ne se réveilla qu'avec la lumière du jour qui pénétrait à travers les rideaux.

Il était dix heures vingt. Il repoussa soudainement la couette et alla prendre une douche avant d'avaler un café. Trente minutes plus tard, il se retrouvait dans la rue. Il faisait bon et le soleil commençait à chauffer.

Il arriva à l'arrêt de bus en même temps que celui-ci. Il s'y engouffra pour descendre à Baker Street, d'où il attrapa une correspondance pour

Enfield Town. Quand il arriva au terminus, il remarqua que rien n'avait changé.

Le centre commercial, la rue principale. Tout était comme dans ses souvenirs. Il traversa la place du marché et se retrouva dans une ruelle. Le numéro 12 se situait au milieu de l'artère sur la droite. Le petit jardin attenant était envahi de ronces. Personne ne semblait l'avoir entretenu depuis des années. L'intérieur de la maison paraissait sombre.

Tom commençait à perdre son sang-froid. Il sonna une première fois, puis une deuxième. Dépité, il observa la maison avant de s'en retourner lorsqu'il perçut le cliquetis d'une serrure :

— Qui est-ce ? lança une voix vibrante dans la maison.

— Bonjour, je cherche le Docteur Damianou.

— C'est moi. Qu'est-ce que vous voulez ? Parlez plus fort, je suis un peu sourd !

— Mon nom est Tom Partner. Mes parents et moi-même faisions partie de vos patients, il y a plus de vingt-cinq ans.

— Partner, laissez-moi réfléchir, dit le vieil homme en ouvrant la porte en grand. Effectivement, je me souviens de la petite maison aux rideaux bleus du côté de Forty Hill. La grille est ouverte, vous n'avez qu'à la pousser.

L'homme qui était apparu dans l'encadrement de la porte ne correspondait en rien au médecin que Tom avait gardé dans ses souvenirs.

Celui-ci était courbé, petit et portait une casquette camouflant sa calvitie.

Néanmoins, il y avait quand même un point commun avec le docteur de ses dix ans, il portait un pantalon en côtes de velours.

Louis Damianou l'accompagna dans le salon où il le pria de s'asseoir avant de demander :

— J'allais me faire du thé, est-ce que cela vous tente ?

— Oui, volontiers ! Sans sucre et sans lait, s'il vous plaît.

Le vieil homme s'éloigna. Tom entendit des bruits d'assiettes que l'on entrechoquait. Il se leva et commença à inspecter la pièce. Sur une moquette murale défraîchie trônaient des diplômes au nom du médecin. De nombreuses photos d'enfants tranchaient avec le vieux meuble où elles étaient posées. Ce devait certainement être ses petits-enfants.

Du côté de la fenêtre, un bureau en acajou occupait tout le coin droit et semblait démesuré par rapport à la pièce. Il était garni de piles de papiers impeccablement rangées les unes à côté des autres. Un vieux fauteuil et un canapé en velours beige, jaunis par le temps, occupaient le centre de la pièce. Une petite table basse qui avait dû servir à plusieurs générations complétait le mobilier. Même la moquette au sol semblait ancienne avec ses grosses fleurs de couleur orangée sur un fond marron.

À ce décor rustique venait s'ajouter une odeur de renfermé.

Tom entendit le vieux docteur revenir.

Il s'empressa d'aller vers lui afin de le débarrasser de son chargement pour le poser sur la table basse. Le médecin prit place dans le fauteuil et Tom s'installa sur le canapé.

— J'ai eu quatre-vingt-six ans le mois dernier, commença le vieil homme avant d'attraper sa tasse. Vous voyez ces photos, j'ai quatre petits-enfants et sept arrière-petits-enfants. Le premier des sept a douze ans et le dernier, juste quelques mois.

Tom se tourna vers les photos et sourit à l'homme. Il avait rajeuni le médecin dans ses souvenirs.

Ce dernier continua :

— Mais je suppose que vous n'êtes pas venu me rendre visite pour m'entendre parler de mes petits-enfants ?

— Non, effectivement, répondit Tom.

— Rappelez-moi votre nom. À mon âge, on n'a plus toute sa tête.

— Partner, Tom Partner, vous étiez notre médecin de famille.

— Ah oui, j'avais déjà oublié, la maison près de Forty Hill. Alors, vous êtes le petit Tom ! La dernière fois que je vous ai vu, vous étiez haut comme trois pommes. Que devenez-vous ?

— Je suis photographe au Daily Mail.

— Ah, la photo, j'adorais en faire autrefois. À l'époque, je les développais moi-même.

Maintenant, avec ces appareils modernes ! Comment nommez-vous cela ? Ah oui ! Des appareils numériques ! On n'a plus le plaisir de développer. On réalise la photo et on la sort de la boîte. Fini le révélateur qui vous fait apparaître l'image. Disparu le temps où seul l'œil averti décidait si oui, ou non on devait la laisser plus longtemps dans le produit, selon l'effet que l'on voulait.

Tom n'osait pas l'interrompre. Mais heureusement, ce dernier finit par demander à son invité :

— Mais, si nous parlions de ce qui vous amène ? Je suppose que ce n'est pas une visite de courtoisie ?

— Eh bien, j'ai un service à vous demander. En ce moment, je suis une sorte de thérapie à la suite d'une petite dépression. Le thérapeute, disons la personne qui s'occupe de moi, me conseille de retrouver mes racines afin de voir plus clair. En bref, il pense que je traîne un lourd secret familial caché dans mon inconscient.

— La science et les méthodes changent de nos jours, lui répondit le vieillard.

Tom n'y accorda pas d'attention et continua :

— Je ne sais rien du passé de ma mère, sauf qu'elle a vécu dans un orphelinat.

— Pauvre femme, je me souviens. Elle était pleine d'amour pour vous. Quelle fin tragique ! Et votre père aussi. Il vous aimait tout autant que votre mère.

Le photographe, surpris, dévisagea le docteur Damianou. Cela lui faisait du bien d'entendre qu'il avait été aimé.

— Tout ce dont je me souviens au sujet de ma mère, c'est cette peur du noir qu'elle avait. Et quelquefois, elle adoptait un comportement étrange. Ainsi, je me suis dit qu'elle fréquentait éventuellement un thérapeute pour l'aider à surmonter ses angoisses.

— Mon pauvre petit, à l'époque, on n'allait pas chez un psychologue comme aujourd'hui. Le médecin de famille servait aussi de thérapeute. Les médecins étaient avant tout des confidents.

— Est-ce que vous êtes en train de dire que ma mère se confiait à vous ?

— Comme beaucoup d'autres !

Tom attendait que le vieil homme lui en dise plus, mais ce dernier se contenta d'avaler une gorgée de thé.

Le médecin ne semblait pas comprendre combien il était fondamental pour lui de connaître tout ce qu'il savait. D'une voix impatiente, il lui demanda :

— Et que savez-vous alors ?

Le généraliste ne releva pas le ton que venait d'employer son invité et reprit :

— Elle venait d'un orphelinat au sud de Londres où elle avait été recueillie à l'âge de six ans. Elle avait des souvenirs de ses parents, des moments heureux passés avec eux. Judith, enfin, je veux dire votre mère, aimait beaucoup évoquer ces moments. Elle se rappelait aussi le cirque où vos grands-parents travaillaient.

— Un cirque ? Mes grands-parents ?

— Elle en avait gardé beaucoup de souvenirs. Elle s'entraînait avec son père pour devenir voltigeuse à cheval.

Tom n'en croyait pas ses oreilles. Il avait du mal à imaginer sa mère jouant les équilibristes sur un cheval. Du regard, il incita le vieil homme à continuer. Il se sentait fébrile.

— Elle mit plusieurs années à comprendre la tragédie qui s'était abattu sur sa famille. Au début, tout était flou et enfoui dans son inconscient. Seules des images de taches de sang lui apparaissaient.

— Du sang ?

— Oui, elle en voyait partout. Dès qu'elle fermait les yeux, des visions ensanglantées lui revenaient en permanence. Puis, un jour, une représentation sordide lui est revenue. Elle a visualisé ses parents dans une mare de sang.

Le vieil homme se tut et se cala dans son fauteuil pour observer Tom.

— Et alors, que savez-vous d'autre ?

— Rien de plus, ce furent ses seuls souvenirs, mais qui lui créaient des angoisses abominables. Heureusement, votre père était là pour la soutenir. Ils vous ont eu très tard, ils avaient presque trente-six ans. Votre mère avait une peur irrationnelle d'avoir des enfants. Elle comprit bien plus tard qu'elle redoutait de ne pas être présente tout au long de votre vie comme ça avait été le cas avec ses parents. Avec beaucoup de patience, votre père l'a rassurée.

Adressant un sourire au photographe, il continua :

— Vous avez été conçu pour leur plus grande joie à tous les deux. Malheureusement, la crainte de votre mère s'est confirmée avec cet accident dramatique.

Tom avait la gorge nouée.

Il écoutait le vieil homme, se demandant si ses souvenirs d'enfant correspondaient aux siens.

Il avait l'impression de découvrir ses parents, de dévoiler une face cachée de leurs personnalités.

— Est-ce que ma mère vous a parlé d'une personne qu'elle aurait connue dans son enfance ? Éventuellement une amie ou pourquoi pas un lieu ?

— Je me rappelle d'un évènement. À peu près un mois avant la tragédie, elle a voulu retourner à l'orphelinat où elle avait vécu. Personne n'a pu lui en apprendre davantage. Seulement qu'elle avait été amenée en pleine nuit par un prêtre de la paroisse de Lingston, à une centaine de kilomètres au nord-ouest de Londres.

— Lingston, reprit Tom, comme en écho.

— Voilà, je vous ai tout dit. Je suppose que vous allez poursuivre vos recherches dans ce village ?

— Oui, et je vous remercie sincèrement de vos précieuses informations, cela m'a fait beaucoup de bien que vous me parliez de mes parents.

— Un médecin est là pour soulager, plaisanta le vieil homme. Je suis ravi de vous avoir rendu service. J'espère vous avoir été utile.

— Votre aide a été très précieuse. Grâce à vous je tiens une piste.

— Alors je suis content. La journée va être radieuse si je vous ai aidé. J'ai si peu l'occasion maintenant. N'hésitez pas à revenir pour me tenir informé. Les visites sont si rares, mes enfants habitent loin.

— Je n'y manquerai pas, promit Tom en se levant pour prendre congé.

18

Un an auparavant…

Le prêtre, debout sur le trottoir, observait Tom qui sortait. Il faisait très froid et les escaliers étaient gelés. Le journaliste s'accrochait à la rambarde pour ne pas glisser. Les traits de son visage étaient tendus.

Le prêtre s'interrogeait. Avait-il le droit de surgir ainsi dans la vie de Tom et de bouleverser sa tranquillité ? N'était-il pas préférable d'attendre qu'il se manifeste ? Jusqu'à présent, le photographe n'avait jamais exprimé l'envie de savoir. Le religieux décida donc de partir au moment où le journaliste regardait dans sa direction.

Le prêtre s'éloigna, puis hésita et se retourna.

Tom était en train de faire signe à un taxi. Il le regarda s'engouffrer à l'intérieur.

— C'est peut-être mieux ainsi, se dit-il.

Il décida de retourner à Lingston.

Il y avait pris ses fonctions à la suite du décès de l'ancien prêtre, le père Sutter. Les fidèles l'avaient chaleureusement accueilli, et le village était à un véritable havre de paix. La sérénité régnait. Le père Hammett avait des journées bien remplies, entre les trois messes hebdomadaires, les confessions, baptêmes, mariages, les réunions de charité ou des catéchumènes. Et c'était sans compter l'encadrement des jeunes scouts le samedi après-midi et les diverses invitations et sollicitations.

Les premiers jours, il avait eu du mal à s'organiser pour ranger ses affaires, trier celles du père Sutter, et s'installer dans sa nouvelle demeure. Un mois s'écoula avant qu'il ne commence à ranger le bureau.

Le meuble avait un tiroir fermé à clé. À l'aide d'un tournevis, il réussit à l'ouvrir sans trop de dommages. Il découvrit les registres de son prédécesseur, les documents paroissiaux couvrant toute sa vie de prêtre. Le jeune père Hammett en feuilleta un rapidement. Il s'attarda sur certains noms qu'il connaissait.

Il décida de les ranger sur une étagère de la bibliothèque, mais son regard fut attiré par un registre en particulier. Celui-ci était recouvert d'un cuir beaucoup plus ancien et ses feuilles jaunies tranchaient avec celles des autres albums.

Il l'ouvrit. Des mots écrits à la plume, dans une écriture penchée, indiquaient qu'il s'agissait d'un très vieux registre français. Il en fut étonné. À voix haute, il commença à lire, écorchant quelques mots avec son accent anglais :

— Année 1566 — Registre de l'église Saint-Cybar à Saint-Aubin (Ardennes françaises) – père Gabriel Turdon.

Le jeune prêtre leva les yeux et observa la nature par la fenêtre.

Que faisait ce vieux registre français dans les affaires de père Sutter ?

Sans compter la valeur que représentait ce document. Il tourna les pages et essaya de traduire les textes. Il restait des feuilles vierges, le registre n'ayant pas été entièrement utilisé. Il entreprit de traduire en anglais le dernier enregistrement, remarquant l'irrégularité de l'écriture.

— Acte de baptême, en ce jour du vendredi 23 décembre 1566.

Le reste fut facile à traduire, s'agissant des

noms de l'enfant, du père et de la mère. Il s'étonna que l'enfant ne porte pas le nom de son père biologique.

Mais ce qui le laissa perplexe fut la dernière phrase, qu'il relut plusieurs fois :

— Prions pour avoir la force de vaincre le démon.

Il en saisissait le sens, mais s'interrogeait. Pourquoi le père Gabriel Turdon avait-il écrit ceci à la fin de l'acte de baptême ? Était-ce une coutume française ? Et puis, où étaient le parrain et la marraine ?

Ne trouvant pas de réponse, il choisit de ranger le registre, ainsi que les autres dans la bibliothèque, lorsqu'une lettre tomba au sol.

Il ne la remarqua pas.

Au même moment, on frappa à la porte. Le père Hammett alla ouvrir. Il trouva deux femmes, les bras chargés de fleurs qui se tenaient sur le perron. Le prêtre reconnut miss Tarpple et sa fille Wendy.

Il leur adressa un sourire en les saluant.

— Bonjour mon père, nous venons changer les fleurs de l'autel, il faudrait que vous nous ouvriez l'église.

— Oh, veuillez m'excuser, j'avais totalement oublié. Je vais chercher la clé et je vous accompagne. Moi aussi, je dois aménager

l'église pour le baptême de cet après-midi.

Il attrapa une grosse clé qui pendait au crochet derrière la porte et accompagna les deux femmes. Son programme était tracé pour l'après-midi. Après le baptême, il était invité à l'apéritif. Il ne rentra chez lui que tard dans la soirée.

Lorsqu'il pénétra dans le bureau, il remarqua aussitôt l'enveloppe sur le sol. Il la ramassa et remarqua qu'elle était épaisse. Elle ne portait aucun nom de destinataire. Il la retourna et vit qu'elle n'était pas cachetée. À l'intérieur, il y avait plusieurs feuillets. La signature du père Sutter apparaissait sur le dernier. D'après la date, ces documents avaient été rédigés par le prêtre peu de temps avant sa mort. Lorsqu'il retourna la première feuille, il eut un moment de surprise.

La lettre lui était adressée.

Il en entama la lecture :

« À mon cher successeur,

Je suis malade et je sais qu'il me reste que peu de temps avant d'aller rejoindre notre Père à tous. J'ai encore tant de choses à faire. Je me réjouis à l'idée de retrouver ceux que j'ai aimés perdus. Avant de partir et ne sachant pas qui viendra s'occuper de la petite communauté chrétienne de Lingston, je n'ai trouvé que cette solution pour transmettre la mission qui m'a été confiée.

Une tâche qui s'effectue dans le plus grand secret depuis des siècles, un fardeau transmis entre prêtres.

Pour moi, tout a commencé en 1943. J'étais alors un jeune prêtre qui venait tout juste de prendre ses fonctions. Malgré la guerre, Lingston était un village paisible, où les gens ne manquaient de rien et où il faisait bon vivre.

Pour la plus grande joie des habitants, et surtout des enfants, un cirque de Londres vint s'installer non loin de là pendant près d'un mois. Tous ses membres, très pieux, assistaient régulièrement aux messes où j'officiais. J'ai appris à les connaître, des gens simples et charitables.

Comme je l'ai mentionné plus tôt, tout allait pour le mieux malgré le conflit qui nous opposait à l'Allemagne, du moins jusqu'à ce matin de la Pentecôte 1943.

Une petite famille vivait dans cette communauté du cirque. Paulo le père, un Italien équilibriste, Pénélope jeune maman, cartomancienne originaire de Londres. Et pour finir, leur petite fille Judith qui était alors âgée de presque six ans. Pénélope avait un véritable don pour la cartomancie, et les gens venaient de loin pour la consulter. Ce que fit la sœur de Lord Mayor à l'époque, Lady Mary.

Elle était une toute jeune femme, fiancée à un officier, qui était un ami intime de Lord Mayor.

Ce que découvrit Pénélope dans les cartes, ce jour-là, marqua le début d'une tragédie. Elle découvrit que le fiancé de Lady Mary complotait avec les Allemands. Ils projetaient attenter à la vie de Winston Churchill, lors d'une cérémonie en son honneur à Londres. Lady Mary mit Pénélope et sa famille en danger, en lui confiant cette information. La tragédie a eu lieu sur le balcon de leur pavillon, où Lady Mary a été prise d'une crise d'hystérie. Lord Mayor, en tentant de calmer sa sœur, ne réussit qu'à la faire basculer dans le vide. La jeune fille mourut après d'atroces souffrances.

Lorsque Pénélope l'apprit, elle est venue se confier à moi. Nous savions tous les deux qu'elle et sa famille étaient en grand danger. Je lui ai conseillé de fuir, mais il était trop tard.

Pénélope et son mari Paulo Vincenti furent sauvagement poignardés sur le chemin menant à Brigadier Hill, sous les yeux de leur fille Judith.

Je devais agir très promptement pour protéger ce témoin si jeune et déjà abominablement meurtri par la vie.

J'ai caché Judith ici, dans cette maison, la nuit suivante avant de l'emmener à l'orphelinat de Saint-Peter à Londres. Avec la mère supérieure, nous avons détruit tous les documents sur l'origine de Judith. Nous en avons fabriqué des faux qui indiquaient qu'elle était née de parents inconnus. Que Dieu nous pardonne, mais c'était l'unique façon de préserver la vie de cette enfant.

L'affaire fit grand bruit. Lord Mayor ne se remit jamais de l'accident de sa sœur. Il se donna la mort trois jours plus tard. Il laissa une lettre où il avouait le complot, la dispute avec sa sœur et le meurtre du couple. L'officier James Turpper, fiancé de Lady Mary, fut rapidement jugé et pendu.

L'histoire ne s'arrête pas là et j'en viens maintenant à la mission qui m'a été confiée et que je vous transmets à mon tour.

Peu de temps après, je reçus la visite de l'évêque du diocèse, à qui il semblait opportun de venir me raconter une histoire étrange. Avec lui, il a amené un vieux registre français, celui-là même où vous avez trouvé cette lettre. Le récit qu'il me rapporta par la suite était si invraisemblable, que je ne peux la résumer ici en quelques mots.

Mais je sais que vous avez été choisi pour me succéder pour vos qualités de loyauté et que vous mènerez à bien cette mission.

Toutefois, refuser et ne pas chercher à en connaître davantage est possible. Ainsi, avant de prendre votre décision, n'ignorez pas que l'histoire est assez singulière et à la limite du paranormal. Maintenant si vous êtes prêt à supporter cela, il vous faudra rencontrer l'évêque.

Réfléchissez bien, mais sachez que quelle que soit votre décision, ce sera la bonne.

Cordialement,

Père John Sutter ».

Le père Hammett resta un moment interdit, sans pouvoir détacher son regard des feuillets. Le mot « paranormal » résonnait dans sa tête. Il ne comprenait rien à cette mission qui lui était destinée, mais cela avait éveillé sa curiosité.

Le père Sutter en avait trop dit et pas assez à la fois et le jeune religieux ressentait presque de l'excitation d'en apprendre davantage.

Après tout, si le père Sutter avait dit oui en 1943, pourquoi pas lui ? Il décida de rencontrer l'évêque.

Ce soir-là, il eut beaucoup de mal à s'endormir, essayant d'ébaucher tous les scénarios envisageables et impossibles.

Levé aux aurores, il alla marcher dans la campagne avant de déjeuner pour attendre neuf heures pour appeler son supérieur. Il fut immédiatement mis en relation avec son supérieur qui écouta le jeune prêtre lui raconter ce que le père Sutter lui avait transmis.

L'évêque lui répondit simplement de venir le voir le matin même.

Il attrapa les clés de sa voiture qui, à cause du froid, eut du mal à démarrer. Mais après quelques toussotements, le moteur ronronna, et il put prendre la route pour Londres, avec l'espoir d'être de retour pour célébrer la messe du soir.

L'après-midi était bien entamée lorsqu'il ressortit de son entretien avec l'évêque. Le père Steve Hammett était encore abasourdi par ce qu'il venait d'apprendre. Quand il s'installa au volant de sa voiture, il attendit de reprendre ses esprits avant de démarrer. Il avait besoin de réfléchir, mais ses pensées étaient confuses.

Comment après tant d'années, une histoire comme celle qu'il venait d'apprendre devait-elle se poursuivre ?

Au cours de la discussion avec son supérieur, il avait pris sa décision, il fallait mettre un terme à cette folie et tout révéler au fils de Judith. L'évêque n'avait pas vraiment apprécié cette décision, et lui avait demandé de réfléchir aux conséquences. C'est ce qu'il fit les jours qui suivirent.

Deux semaines plus tard, il se retrouva devant le domicile de Tom Partner. Mais en voyant le photographe, il manqua de courage pour lui révéler ce passé encombrant.

Les jours défilèrent, suivis des mois. Le jeune père Hammett était rongé par la culpabilité, imaginant sans cesse différentes façons d'aborder le photographe. Il pensa que le moment était venu lorsqu'il apprit, par les journaux, l'arrestation de Tom. Il suivit de près le procès pour voir comment les événements allaient évoluer, prêt à venir témoigner si la culpabilité de Tom était avérée.

Il ressentit un immense soulagement en apprenant son acquittement. Il fut également apaisé de ne pas avoir eu à témoigner et révélé une histoire extraordinaire, un secret gardé par l'église.

Malgré tout, il savait que la mission qu'il s'était imposée restait inachevée. Il devait rencontrer Tom Partner et lui dire la vérité.

19

Après son départ de chez le docteur Damianou, Tom avait erré dans les rues d'Enfield, perdu dans ses souvenirs. Chaque coin de rue faisait ressurgir des images de son passé, des anecdotes de son enfance.

Sans trop savoir pourquoi, il a pris la direction de Forty Hill et s'était retrouvé devant la maison de son enfance. Presque rien n'avait changé, si ce n'est la couleur des boiseries et des rideaux. Le jardinet, autrefois soigneusement entretenu par son père, était désormais envahi d'herbes folles et de buissons non taillés. Tom se remémora un matin, où, désireux de faire plaisir à son père, il avait taillé les buissons tout seul et s'était blessé avec le sécateur. Cela lui avait valu trois points de suture, et une bonne remontrance de la part de ses parents qui avaient eu une peur intense.

Assis sur un muret qui faisait face à la maison, Tom observait les fenêtres du haut. Soudain, la porte d'entrée s'ouvrit sur deux adolescentes pouffant de rire. Aucune ne lui prêta attention et elles partirent en direction du centre-ville. Tom ressentit une sensation étrange de savoir que des inconnus vivaient désormais dans ce qui avait été son chez-lui, effaçant toute trace de son passé.

Cette pensée lui laissa un goût amer.

Il emprunta le chemin du retour pour laisser derrière lui un lieu qui n'était plus le sien, et qu'il ne reverrait probablement jamais. Ce soir-là, il n'eut pas envie de rentrer chez lui. Il dîna dans un pub et rentra très tard, envahi par une nostalgie pesante. Une fois couché, il eut du mal à trouver le sommeil, les pensées embrouillées par les révélations sur sa mère.

Le lendemain matin, il fut réveillé par des coups sur sa porte. À demi endormi, il alla ouvrir et trouva Sean sur le palier, un paquet de croissants dans les mains, qui s'exclama quand il aperçut Tom :

— Tu as fait la fête hier soir ou quoi ?

Tom grogna, les yeux encore à moitié fermés :

— Non, j'ai mal dormi, c'est tout. Je commençais juste à trouver le sommeil quand tu es venu tambouriner à la porte.

Et d'ajouter devant l'air dépité de son ami :

— Non, je plaisante ! Entre, j'avais justement très faim. Installe-toi, je vais faire du thé.

Tandis que Tom s'éloignait, Sean referma la porte derrière lui et jeta son manteau sur le dossier d'une chaise.

— J'ai appris au journal que tu avais pris quelques jours. Tout va bien ?

— Oui, j'avais juste besoin d'un peu de temps pour faire quelques recherches sur ma mère.

— Et alors ? demanda Sean, curieux.

— Et découvert dans quel orphelinat elle a grandi, et que ses parents, mes grands-parents… C'est bizarre à prononcer ce mot… Enfin bref, ses parents ont été sûrement tués sous ses yeux quand elle avait six ans. C'est le prêtre de Lingston qui l'a amenée à l'orphelinat. Je compte bien en apprendre davantage en me rendant là-bas.

Sean resta silencieux et se contenta de suivre Tom dans le salon, où ils prirent place autour de la table basse.

— Eh bien, dire qu'il ne se passe rien dans certaines. Toi, tu cumules.

— Oui, répondit Tom dans un demi-sourire. J'ai envie de savoir. Bizarrement, cela me produit un choc à chaque nouvelle, mais en même temps, je me sens mieux. Progressivement, je me construis une histoire, la mémoire de ma famille…

Après une courte pause, il ajouta en riant :

— Et si l'on parlait de toi, tu n'es pas au boulot aujourd'hui ?

— Non, j'ai bossé tard hier soir. J'ai pu

mettre la dernière main à mon article. Je suis tranquille pour aujourd'hui... Mais pour tout t'avouer, ma venue est intéressée.

— Je m'attends au pire, répondit Tom en riant. Je t'écoute.

— C'est ma petite sœur. Elle peint des toiles et ce soir elle m'a invité à son vernissage. Je déteste cela. Si j'y vais, c'est pour elle. Elle le mérite vraiment. Je ne comprends rien à la peinture. Je ne trouve rien à dire sur les tableaux, excepté « j'aime » ou « je n'aime pas ». De ce fait, je me sens comme un idiot parmi tous ces connaisseurs.

— Et tu apprécierais que l'on soit deux idiots ? plaisanta Tom.

— Évite de te moquer, mais je me sentirais moins seul. J'aurais quelqu'un à qui parler sans être obligé de faire la conversation à des passionnés.

Tom éclata de rire :

— Aucun problème, je t'accompagnerai. Je ne savais pas que tu avais une sœur peintre. Elle est célibataire ?

— Arrête tes plaisanteries. De plus, elle n'est pas peintre. Elle pratique à ses heures perdues. La peinture, ça ne nourrit nullement son homme. Elle est éducatrice dans un centre pour des enfants malvoyants. Mais merci ! Ne t'inquiète pas, on ne sera en aucun cas obligés de rester toute la soirée.

— Mais moi, j'adore la peinture, répondit Tom en lançant un clin d'œil à son ami.

— Arrête de me contrarier ! Et toi quand est-ce que tu vas à Lingston ? Veux-tu que je t'accompagne ?

— Pourquoi pas, ce serait sympa ! Si tu es disponible aujourd'hui, le temps de prendre une douche et on y va.

— Entendu, on n'aura qu'à utiliser ma voiture.

— Encore mieux, c'est fabuleux !

Trente minutes plus tard, les deux amis prenaient place dans la Mini de Sean en direction de Lingston. La circulation était dense et ils eurent beaucoup de mal pour sortir de Londres. Ils arrivèrent sur la place centrale de Lingston.

Suivant le clocher des yeux, ils se dirigèrent vers l'église et aperçurent une petite maison sur le côté.

— Regarde, ce doit être la demeure du prêtre. Allons-y !

Ils frappèrent une première fois, mais personne ne vint leur ouvrir. Ils recommencèrent. Personne !

Tom essaya d'observer l'intérieur par les petits carreaux de la porte d'entrée. Le logement semblait désert. Sean tira Tom par la manche.

— Allons voir dans l'église, il y est certainement !

— Tu as raison.

Malheureusement, ils trouvèrent porte close. C'est alors qu'une voix derrière eux les fit sursauter :

— Je peux vous aider messieurs ?

Ils se retournèrent et se trouvèrent nez à nez avec une femme d'un âge avancé. Son regard était dur et soupçonneux. Une jeune fille la soutenait par le bras.

— Oui ! Nous cherchons le prêtre de cette église !

— Il est parti en camp avec un groupe de jeunes. Il ne rentrera que ce soir. Je peux lui faire une commission ? demanda la femme. Je suis Miss Tarpple. Ma fille et moi soutenons grandement le prêtre.

Tom hésita et finit par attraper un calepin et un stylo dans son sac.

— C'est aimable à vous, je laisse mon nom et mon téléphone sur ce papier. J'aimerais qu'il prenne contact avec moi. Tenez ! Dites-lui que c'est au sujet de Pénélope, en 1943.

— En 1943 ! Mais le prêtre n'était même pas né.

Sean et Tom se regardèrent. Ils n'avaient nullement pensé une minute que le prêtre actuel ne pouvait être le même qu'en 1943. Tom remercia la mère et la fille. Sans ajouter un mot, il s'en retourna avec son ami. Lorsqu'ils arrivèrent auprès de la voiture, Sean s'arrêta l'air pensif :

— Le cimetière ! Oui, le cimetière. Peut-être que tes grands-parents y sont enterrés.

— Tu as raison, lança Tom qui renouait avec l'espoir. Éventuellement, je pourrai trouver quelque chose qui m'aidera dans mes recherches.

Ils firent demi-tour et contournèrent l'église. Des pierres tombales sortaient du sol, çà et là. Heureusement, le cimetière était petit. Ils arpentèrent les allées, mais rien ne leur permettait de savoir quelle était la tombe des grands-parents de Tom. Dépités, ils quittèrent les lieux sans un mot.

Une fois dans la voiture, Tom lança :

— Le vieux docteur m'a parlé d'un cirque dans lequel mes grands-parents travaillaient et qui s'était installé à Lingston en 1943. Demain, j'irai à la médiathèque fouiller les archives des journaux de cette époque. Peut-être me trouverai-je quelque chose sur le cirque ou sur l'assassinat des parents de ma mère.

Sean ne répondit pas, se contentant d'acquiescer. Ils effectuèrent le trajet du retour dans le silence sur fond musical de la radio.

En se garant devant la porte de Tom, Sean lui proposa de rester avec lui. Ce dernier refusa, désirant se retrouver seul :

— Ne m'en veux pas mon vieux, mais j'ai besoin de réfléchir. Mais ne t'inquiète pas, je pense au vernissage ce soir. Tu passes me prendre ?

— Entendu, je serai là à vingt heures.

Tom salua son ami d'une tape sur l'épaule et sortit de la voiture, laissant Sean repartir. Il attendit qu'il ait tourné au coin de la rue pour rentrer chez lui.

Il passa le reste de l'après-midi à surfer sur Internet, à la recherche de la moindre information sur le meurtre de ses grands-parents. Rien !

Il était dix-neuf heures. Il n'avait pas vu le temps défiler. Fatigué, il alla prendre une douche. Sean ne devrait plus tarder à arriver.

Effectivement, de nature ponctuelle, ce dernier apparut à vingt heures.

— Sers-toi un verre, j'en ai pour une minute. C'est quoi cette tête, lança Tom lorsqu'il aperçut le visage radieux et souriant de son ami. Tu as gagné au loto ?

— Presque. Finis de te préparer, je t'expliquerai.

Intrigué, il fallut moins de cinq minutes à Tom pour rejoindre son ami dans le salon. Ce dernier lui avait servi un verre de whisky qu'il avait posé sur la table basse.

À proximité, une photocopie suscita l'attention de Tom :

— Qu'est-ce que c'est ? s'enquit-il.

— Je suis allé dans les archives du journal cet après-midi. Je crois m'être avoir trouvé quelque chose qui pourrait t'intéresser.

— Ce n'est pas vrai ! s'exclama le jeune homme qui attrapa la photocopie pour la lire à voix haute. « Meurtre sauvage à Lingston ».

L'article relatait le meurtre d'un couple d'artistes du cirque appelé Bertrand. Personne ne savait ce qu'il s'était passé. La thèse d'un règlement de comptes était avancée.

Les victimes se nommaient Pénélope et Paulo Vincenti, mais l'article ne mentionnait aucun enfant. Le couple aurait été découvert par les propriétaires du cirque, qui, inquiets de ne pas les voir revenir de la messe de la Pentecôte, étaient allés à leur rencontre.

Tom interrompit sa lecture et regarda Sean en souriant.

— C'est extraordinaire, la date correspond.

— Toute cette histoire a éveillé ma curiosité. Maintenant que l'on a un nom, je te propose de retourner au cimetière de Lingston dès demain.

— Super ! Je me sens en forme pour affronter ton vernissage. C'est quand tu veux !

Quelques minutes plus tard, Sean garait sa voiture le long de la galerie d'Horson Street. À travers les vitres du bâtiment, on pouvait apercevoir une foule qui se rassemblait autour d'une table pleine de petits fours et de boissons.

Quelques petits groupes observaient les toiles éclairées par des spots de lumière blanche. Une musique d'ambiance agréable, mélangée au brouhaha des voix, les accueillit. Les deux amis s'arrêtèrent devant un premier tableau à dominance orange et jaune. Le dessin était abstrait, mais le mélange des deux couleurs était très fin. Tom se tourna vers Sean qui semblait chercher quelqu'un et lui dit :

— J'aime beaucoup ce qu'elle peint. Ta sœur a beaucoup de goût.

— C'est sûr qu'elle est douée. Je te laisse

faire un tour, je vais essayer de la trouver.

Et Sean disparut. Le photographe continua d'observer les tableaux. Il s'arrêta devant le troisième. Il était aussi abstrait que les autres, mais cette fois-ci, à dominance bleu et blanc. Il trouva ce dernier très beau et recula d'un pas afin de pouvoir l'admirer, quand une voix derrière lui le fit sursauter :

— C'est le dernier tableau que j'ai peint. Je trouve que cette touche de blanc manque aux autres.

Tom se retourna. La jeune fille qui lui parlait devait avoir une trentaine d'années. Elle était grande, élancée et avait une posture gracieuse. De longs cheveux couleur jais lui tombaient en boucles sur les épaules. Le sourire qu'elle arborait ne faisait qu'accentuer sa beauté. Tom avait envie de lui dire qu'elle était le clou de la soirée, que sa beauté devançait celle de ses toiles.

Il se contenta de répondre :

— Effectivement, je préfère aussi celui-là. J'aime beaucoup la finesse de vos coups de pinceau.

— Merci. Je vous ai vu arriver avec mon frère tout à l'heure. C'est pour cela que je me suis permis de vous aborder. Vous savez où il se trouve ?

Tom n'eut pas le temps de répondre avant d'apercevoir Sean.

— Samy, tu es là, lança ce dernier en embrassant sa sœur. Tu as fait venir ton fanclub ce soir. Il y a beaucoup de monde !

— C'est vrai, je suis très satisfaite, dit-elle en rayonnant de bonheur.

— Je vois que tu as fait la connaissance de mon ami Tom. Je te présente ma sœur Samantha. Mais tout le monde l'appelle Sam ou Samy.

La jeune fille se tourna vers Tom :

— Vous êtes le Tom qui travaille avec mon frère ? D'après lui, vous êtes un prodigieux photographe.

Il n'eut pas le temps de répondre. Un groupe de personnes vint interrompre leur conversation pour parler à Samantha. Les deux amis s'éloignèrent vers le buffet. Tom tendit un verre à Sean et lui demanda :

— Alors ? Je suis un super photographe ?

— Je lui ai raconté que tes photos étaient pas mal. Mais tu connais les filles, elles enjolivent tout, plaisanta Sean.

— Non seulement tu m'avais caché que ta sœur avait du talent, mais tu avais omis de me dire qu'elle était si divine.

— Normal ! Elle me ressemble, plaisanta le journaliste. Mais ne te crée pas de films, elle est très sollicitée.

Ils firent le tour de la galerie et Tom se décida à acheter la toile qui l'avait interpellé au début. Samantha réussit à se joindre à eux et fut très contente d'apprendre que le photographe avait fait l'acquisition du tableau.

— L'exposition dure jusqu'à vendredi

prochain. Je vous propose de vous le livrer dès samedi.

— Ne vous donnez pas cette peine, répondit Tom. Je passerai moi-même le chercher.

— Alors laissez-moi vous inviter tous les deux au restaurant ce soir. J'allais m'y rendre avec quelques amis.

Les deux hommes acceptèrent. Tom passa la soirée aux côtés de Samantha et la conversation alla bon train. Elle lui posa beaucoup de questions sur son métier et ses photos.

Les conversations se croisaient et l'ambiance de la table était chaleureuse. À la fin du repas, ils se quittèrent sur le trottoir, devant le restaurant. La jeune fille donna rendez-vous à Tom pour le samedi puis, se ravisant, elle se tourna vers son frère et lui dit :

— Et si l'on se retrouvait demain midi tous les trois ?

— Pourquoi pas, répondit Sean. Je connais un petit italien très correct. Je passe te prendre vers midi.

— Oui, à demain.

Lorsqu'ils furent dans la voiture, Sean se tourna vers Tom.

— Je crois que ma sœur t'aime bien.

— Cela te gêne ?

Sean éclata de rire :

— J'en ai connu des pires que toi ! Toi, tu as une bonne situation, un appartement...

— Arrête tes conneries et démarre. J'ai froid.

Ce soir-là, pour la première fois depuis des jours, Tom n'éprouva aucune difficulté à s'endormir. Il pensa à ses grands-parents, puis à Samantha qui lui plaisait.

Il était heureux de la revoir le lendemain.

20

Tom se réveilla à neuf heures. Il se sentait reposé, mais sans pour autant avoir envie de quitter son lit. Il voulait encore profiter de la tiédeur de la couette. Il n'avait pas eu cette quiétude depuis si longtemps. Il repensa à Samantha, laquelle faisait battre son cœur. Il repensa à leurs conversations de la veille.

C'était une personne brillante, passionnée et discrète.

Jamais elle n'avait fait allusion à leur arrestation pour terrorisme ou à son passé. Pourtant, il en était certain, Sean avait dû lui en parler. Cette fille possédait des qualités et il se sentait attiré par elle.

Tom avait eu peu d'aventures dans sa vie et rien de très sérieux.

Aucune fille n'avait résisté à ses absences répétées lorsqu'il partait en reportage. Il repensa à Sophia, Lisbeth et Judy. Toutes les trois étaient de belles jeunes femmes auprès de qui il n'avait cependant pas trouvé le bonheur. Il avait vécu quelque temps avec chacune d'elles, laissant les choses s'accomplir, mais sans jamais pouvoir se projeter dans le futur. Aucune n'avait fait battre son cœur comme il le ressentait pour Sam. Pas une seule n'était dotée de son charme.

Non, ce qu'il percevait, c'était différent.

Et surtout maintenant, il était mûr pour une vie à deux.

— Ne t'emballe pas, se dit-il à lui-même. Tu mets la charrue avant les bœufs !

Il déjeuna devant la télévision et dévora presque un paquet de toasts.

Onze heures. Il était temps de prendre une douche et de se préparer. Il alla dans sa chambre pour choisir une tenue, sans trop savoir s'il devait opter pour un style habillé ou décontracté.

Quelqu'un toqua à la porte.

Son cœur se mit à battre très fort lorsqu'il aperçut Sam, avec un sourire merveilleux, dans son manteau en laine noire. Sean était à ses côtés, un grand sac en papier kraft à la main.

— Salut, lança-t-elle. On t'amène le resto chez toi. On a pensé que ce serait plus sympa d'éviter la foule et de manger ici. Tout provient du restaurant chinois à deux rues d'ici. Cela ne te dérange pas au moins ?

— Non, au contraire ! répondit sincèrement Tom. C'est même une bonne idée. Installez-vous, je vais ouvrir une bouteille de vin. Rouge, blanc ou rosé ?

— Du rouge, proposa-t-elle, se tournant vers Sean afin d'obtenir son avis.

— Ça me va, répondit ce dernier en posant les sacs sur la table basse.

Tom disparut dans la cuisine pour revenir avec trois verres et une bouteille de vin californien. Sean s'affairait à sortir les boîtes des sacs, pendant que Sam faisait le tour de la pièce.

— Le tableau ira très bien au-dessus de ce meuble, dit-elle à Tom.

— C'est exactement là où je veux le mettre. La lumière du jour le mettra en valeur.

Sam lui sourit et alla prendre place auprès de son frère, à même le sol :

— On fait chinois jusqu'au bout, dit-elle en riant. En tout cas, ton appartement est très agréable. Tu as beaucoup de goût et j'en suis ravie, car tu m'as acheté un tableau. Je considère donc cela comme un compliment.

Elle éclata de rire. Le reste du repas se passa dans la bonne humeur. Aucun des trois n'arriva à manger avec les baguettes. Le repas fut une partie de fous rires. Sam se proposa de préparer le café. Après quelques bruits de portes qui claquent et plusieurs grognements, elle revint, portant un plateau chargé de tasses.

Elle proposa :

— Je pensais que l'on pourrait effectuer une petite virée au musée des sciences cet après-midi. Il y a des années que je n'y suis pas allée. Cela vous tente ?

Sean se tourna vers Tom. Il l'interrogea du regard, avant de répondre :

— C'est que nous avions prévu autre chose !

— Autre chose où je ne peux pas venir ? demanda-t-elle. Non, pardon, je suis trop curieuse.

— Pas du tout ! reprit aussitôt Tom. Disons que c'est une histoire lointaine. Je ne connais pas ma famille. Je dispose d'une piste pour mes grands-parents. Je crois savoir où ils sont enterrés. Nous comptions nous y rendre cet après-midi.

— Et cela vous dérange si je vous accompagne ?

Sean se tourna vers Tom :

— Elle est au courant, commença-t-il. Après notre arrestation, je lui ai raconté ton histoire et c'est elle qui a convaincu le médium de m'accompagner chez toi. En revanche, je ne lui ai pas parlé des derniers événements.

Tom se sentit gêné. Mais, au demeurant, il était heureux que Sam sache la vérité. C'était mieux ainsi. Il ne voulait rien lui cacher. Il l'invita donc à se joindre à eux, puis lui raconta les détails de ces derniers jours.

Quand il eut fini, elle lui sourit avant de parler :

— Je serai sincèrement ravie de pouvoir t'aider. Ce doit être horrible ce que tu vis. Tu as sans cesse des prémonitions ?

— Non, pas depuis notre reportage en Irlande. Le médium m'a fait un bien fou et trouver des éléments sur ma famille m'aide à enlever cette carapace dans laquelle j'étais prisonnier. Je m'étais renfermé sur moi-même tout en développant ce sixième sens. Un instinct de survie. Maintenant, je commence à me sentir comme tout le monde.

— Alors, il faut continuer. On y va quand vous voulez, répondit Sam.

Joignant le geste à la parole, elle se leva d'un bond. Tom aimait cette énergie qu'elle dégageait.

Quoi qu'il arrive, il sentait que la jeune fille serait toujours positive et cela lui produisait beaucoup de bien. Elle était comme une locomotive et lui le wagon. Et ce sourire qu'elle lui adressait le faisait craquer.

Sean suivit le mouvement et se leva à son tour. Tom fit de même. Sans tarder, ils se retrouvèrent tous les trois dans la voiture de Sean en route pour Lingston.

La circulation était fluide et la radio diffusait une chanson des Blues Brothers « Everybody needs somebody ».

Sam, installée à l'avant de la voiture aux côtés du conducteur, monta le son et enchaîna le refrain. Sean l'accompagna. Le frère et la sœur chantèrent en chœur. Le photographe, amusé, finit par céder. Bientôt les voix des Blues Brothers furent couvertes par celles des trois amis.

Tom se sentait léger et heureux.

Ils s'essayèrent par la suite aux différents répertoires que proposait la radio. Rapidement, ils arrivèrent au cimetière de Lingston.

Sean se gara à proximité de l'entrée. L'ambiance du trajet était retombée. Personne ne parlait.

Samantha rompit le silence la première.

— Quel est le nom déjà ?

— Pénélope et Paulo VIN CEN TI, répondit Tom en détachant chaque syllabe, avant de descendre de la voiture.

Il poussa la petite grille qui les séparait du cimetière et, s'engageant dans la première allée, il leur dit :

— Je prends ce côté.

Le frère et la sœur se séparèrent et chacun arpenta les tombes, détaillant chaque nom, lorsque la jeune femme les appela.

— J'ai trouvé ! Venez par là.

Les deux hommes se précipitèrent vers le lieu indiqué.

— Chut ! Arrête de hurler, chuchota Sean, tu vas alerter tout le village.

Quand ils arrivèrent à la hauteur de Sam, ils découvrirent une tombe abandonnée, envahie d'herbe jaunie. Une stèle, avec des inscriptions grossièrement gravées, sortait du sol.

Tom lut à voix haute :

— Pénélope Vincenti 07 juillet 1909 – 13 juin 1943 ; Paulo Vincenti 15 mai 1907 – 13 juin 1943.

Ils étaient immobiles, les uns à côté des autres sans proférer un mot. Ils examinaient chaque détail de la pierre comme si cette dernière allait leur révéler le secret qui avait emporté les défunts.

Un bruit de pas derrière eux les fit se retourner. Un jeune prêtre, le sourire aux lèvres, s'approcha :

— Bonjour, je suis le père Hammett, je peux vous aider ?

Le frère et la sœur regardèrent Tom. Ce dernier se retourna calmement et répondit.

— Bonjour mon père. Mes grands-parents sont enterrés dans ce cimetière. Je voulais juste voir leur tombe.

À la vue de Tom, le prêtre blêmit. Son regard allait du jeune homme à la stèle.

— *Il est venu*, se dit-il à lui-même.

Les trois jeunes gens se rendirent compte de son trouble. Ils échangèrent des regards, mais n'émirent aucun commentaire. Le prêtre enchaîna après avoir repris ses esprits et un peu d'assurance :

— Pénélope et Paulo Vincenti étaient vos grands-parents ? C'est donc vous qui êtes venu hier ?

— Oui, c'est bien moi, rétorqua Tom. Je ne connais pas grand-chose sur leur décès.

Sam et Sean se contentaient d'observer, étonnés du comportement assuré de leur ami.

D'une voix calme, le prêtre répondit en souriant :

— Il se passe peu de choses ici. Aussi ce fait

divers a marqué l'histoire de Lingston et surtout l'esprit des anciens. Mais ne restons pas là. Puis-je vous offrir un thé ?

Ils accompagnèrent le prêtre qui les conduisit chez lui. Il les fit entrer directement dans la cuisine et leur proposa de s'asseoir, tout en préparant l'infusion.

— Il y a longtemps que vous êtes ici ? s'enquit Tom.

— Non, je suis arrivé il y a un peu plus d'un an. Lingston est un village très agréable à vivre. La population est très avenante.

Tout en parlant, le père Hammett les servit.

— Voilà le sucre, dit-il avant de se tourner vers Tom et de continuer. Ainsi, vous voulez connaître l'histoire de vos grands-parents ? Je vais vous dire ce que j'ai appris sur eux. Ils travaillaient tous les deux pour un cirque, le chapiteau Bertrand, très connu à l'époque. Lui était voltigeur à cheval.

Tom oublia le reste du monde. Captivé, il écoutait le prêtre lui raconter l'histoire de Pénélope et Paulo, ainsi que leur fin tragique. À la fin du monologue, il se rendit compte que tous les regards étaient braqués sur lui. Il ne disait rien, n'avait pas envie de parler. Il voulait juste réfléchir.

Il revoyait sa mère, sa peur du noir. Il aurait

voulu qu'elle soit encore en vie. Il l'aurait protégée et aidée à en finir avec ses démons. Mais le destin en avait malheureusement décidé autrement. Dans ses pensées, il distingua la voix de Sean. Ce dernier s'adressait au père Hammett :

— Mon ami Tom ne connaît rien sur ses origines. Ses parents sont morts dans un tragique accident lorsqu'il était très jeune. Ils n'ont pas eu le temps de lui raconter quoi que ce soit. C'est pour cela que nous cherchons le moindre indice sur ce passé. Est-ce que les gens d'ici en savent un peu plus ? Et vous ?

Le père Hammett baissa les yeux. La question tellement redoutée venait d'être posée. Il fallait réfléchir vite et surtout dissimuler son trouble. Il ne trouva aucune autre alternative que de répondre que Pénélope et Paulo n'étaient pas natifs du coin. Il termina en encourageant le petit groupe à prendre congé ; il avait une messe à célébrer d'ici une heure. C'était la seule issue qu'il avait trouvée pour gagner du temps et appeler l'évêque.

Il avait besoin de son aval et voulait être confiant dans le choix de tout révéler à Tom. L'honneur de l'Église était en jeu.

Avant de se séparer des jeunes gens, il se tourna vers le photographe et conclut :

— J'ai votre numéro de téléphone. Je vous appellerai en temps voulu.

Tom devinait que le prêtre pouvait lui en apprendre plus. Il hésita mais finit par lui adresser un sourire. Il respectait son souhait et, accompagné de ses amis, il se dirigea vers la voiture après l'avoir remercié.

Lorsqu'ils furent éloignés du village, Sam laissa libre cours à son ressenti à voix haute :

— Il en sait beaucoup plus !

— Je sais, répondit Tom. Mais attendons qu'il me rappelle. Je n'ai pas voulu le brusquer.

— En tout cas, quelle histoire tragique pour tes grands-parents, dit-elle. Et ta grand-mère, elle était dotée d'un sacré don ! Elle avait tout découvert avec ses cartes. Je crois que je vais considérer différemment les cartomanciennes maintenant.

— Cela me fait bizarre quand tu dis ma grand-mère. Toute cette histoire me rend nostalgique. J'aurais tant voulu la connaître, ce devait être quelqu'un d'unique. Et ma mère, dire que…

Il laissa la phrase en suspens. Une boule dans la gorge l'empêchait de parler. Il tourna son regard vers l'extérieur. Sam n'intervint plus et alluma la radio.

Ils restèrent ainsi, sans prononcer un mot,

jusqu'à Londres.

Alors que Sean s'engageait dans Higgins Street, Sam lança :

— On ne va pas te laisser seul ce soir. Je te propose de manger un bout et de clore la soirée dans un pub. Cela vous tente ?

Sean fit la moue et répondit :

— Tu n'es jamais fatiguée toi ? Moi, je suis exténué !

Sam se tourna vers Tom :

— Et toi, tu me suis ?

Le photographe se sentait fatigué, lui aussi. Il avait envie de se retrouver seul pour laisser libre cours à ses pensées. Mais l'idée de passer la soirée avec elle ne lui déplaisait pas.

Aussi, il s'entendit lui répondre :

— On peut manger un bout dans un pub sympa à dix minutes d'ici si tu veux. Je ne désire pas rentrer chez moi tout de suite.

— Ne m'en voulez pas de vous abandonner ! Je rêve d'un bon bain, d'un sandwich devant la télévision et d'une vraie nuit de sommeil ! enchaîna Sean, arborant un sourire.

— J'ai toujours su que tu étais un vieux croûton, lança Sam, en descendant de la voiture. Bonne soirée quand même, lui dit-elle en lui envoyant un baiser de la main. Pense à passer à la galerie lundi soir. Tu sais que j'ai besoin de toi pour bricoler.

Sean lui répondit par un sourire et démarra. Les deux jeunes gens le regardèrent s'éloigner, puis partirent dans la direction du pub.

Seuls, ils éprouvaient une sensation de gêne et chacun se mura dans le silence.

Sam tenta :

— Brrr… Les nuits sont fraîches par rapport aux journées.

— Tu veux que l'on retourne chez moi chercher une veste ?

— Non merci. On sera bientôt au chaud.

— Attends, je vais essayer de te réchauffer, continua Tom en enroulant son bras autour de ses épaules. Ça va mieux ?

— Beaucoup mieux, répondit-elle presque en chuchotant.

Tom sentait battre son cœur très fort. Il redoutait que la jeune fille ne s'en rende compte. Mais cette dernière avait le regard fixé droit devant et ne disait rien. Au bout de quelques minutes, Tom prit le menton de Samantha entre ses doigts et déposa un baiser furtif sur ses lèvres.

Il fut lui-même surpris par son audace et eut peur d'avoir brusqué les choses, mais elle ferma les yeux et sourit. Ils poursuivirent leur chemin, toujours sans un mot. Quand ils entrèrent dans le pub, ils prirent place à l'étage près de la fenêtre. Ils étaient seuls dans la salle. Tom se demandait s'il n'avait pas agi trop vite et impulsivement pour le baiser.

Mais alors qu'il regardait par la fenêtre, Samantha dit en baissant la tête :

— Le baiser, tout à l'heure… J'ai beaucoup aimé ta délicatesse.

Tom lui sourit, presque rassuré, et lui prit la main. Il la trouvait de plus en plus merveilleuse. Le serveur prit la commande. Quand ce dernier fut parti, la jeune fille commença à interroger Tom sur son métier. Sam l'écoutait, posait des questions et donnait l'impression de boire ses paroles, ses yeux s'écarquillant chaque fois que son ami décrivait une situation dramatique.

Le serveur revint et posa leur commande devant eux. Tout en mangeant, ils poursuivirent leur conversation. Ce n'est qu'une fois le repas terminé, que le photographe prit conscience qu'il avait monopolisé la parole :

— Je me sens idiot tout à coup, dit-il. Nous avons parlé que de moi et de mes reportages alors que j'ai tant de choses à apprendre à ton sujet. J'ai dû t'ennuyer.

— Pas du tout, tu as raconté des choses passionnantes. J'ai sincèrement passé une soirée délicieuse.

— C'est plaisant à entendre. Tu veux un café, ou un thé peut-être ?

— Ça ne te dérange pas si on le prend chez toi, il commence à y avoir du monde. Je t'entends mal avec tout ce brouhaha.

Tom lui sourit et interpella le serveur pour régler l'addition. Quand ils furent dehors, ils se rendirent compte que la température avait encore chuté. Sam se serra contre lui, et ils marchèrent rapidement. Une fois chez le jeune homme, ce dernier lui dit :

— Mets-toi à l'aise, je vais préparer du thé. Tu peux mettre de la musique. Il y a un CD de boogie-woogie dans le lecteur. Mais si tu veux autre chose, ouvre le tiroir du dessous...

Pendant qu'il s'éloignait dans la cuisine, Sam appuya sur le bouton de la chaîne hi-fi. Les quelques notes qu'elle entendit lui plurent. Elle réduisit le volume avant d'aller s'asseoir sur le canapé, au moment où Tom entrait dans la pièce, les bras chargés. Ils passèrent l'heure suivante à discuter de l'un et l'autre jusqu'au moment où, la jeune fille commença à manifester des signes de fatigue.

— Je vais t'appeler un taxi, lui dit Tom.

— Pourquoi un taxi ? Tu n'as pas un pyjama à ma taille ? répondit-elle en souriant.

Il la regarda. Cet air de petite fille coupable

soulignait deux légers plis au niveau du front, lui donnant l'apparence d'un animal craintif.

Il se leva, lui prit la main et la guida vers la chambre. Il referma la porte, sans allumer la lumière. Il commença à la déshabiller, embrassant sa peau si fine et qui répandait une odeur fleurie. Elle se laissa faire ; les gestes de Tom étaient délicats et rassurants. Ils s'allongèrent sur le lit et se caressèrent, laissant agir leurs sens au contact de leur peau, jusqu'à ne faire plus qu'un.

Cette nuit-là, ils éprouvèrent mutuellement l'amour avec un grand A.

Sam fut la première à se réveiller. Le soleil perçait à travers les rideaux. Elle se retourna. Tom était à ses côtés, le visage paisible. Il dormait à poings fermés. Elle l'observa, le trouvant si beau. Elle lui repoussa une mèche, d'un geste délicat, qui, pourtant, le réveilla.

Quand il ouvrit les yeux, leurs visages étaient tout près l'un de l'autre.

— Bonjour, commença-t-elle, bien dormi ?

— Oh oui, comme une masse. Tu veux que je te prépare du thé ?

— Non, reste encore un peu avec moi !

Elle se lova contre lui et ils demeurèrent ainsi, sans murmurer un mot, les yeux fermés, chacun dans ses pensées, jusqu'à ce que Tom dise :

— Tu traînes au lit, c'est moi qui fais le thé, OK ?

— OK, je me laisse servir ! s'exclama-t-elle.

— Tu veux des toasts ?

— S'il te plaît, j'ai une faim de loup, lui répondit-elle en l'observant s'asseoir au bord du lit.

Ses épaules étaient larges et ses courbes parfaites, excepté… :

— Qu'as-tu en bas du dos ? demanda-t-elle. C'est quoi, cette bosse ?

Tom, troublé, la dévisagea pendant quelques secondes. On sentait qu'il cherchait ses mots pour répondre :

— C'est une malformation… Une sorte d'excroissance sur la colonne vertébrale, comme une petite queue. Mais ne crains rien, je n'aboie pas et ne mords pas.

Tout en parlant, il enfila un T-shirt. Sam sentit sa gêne et voulut le rassurer.

— Cela fait de toi quelqu'un d'unique, et moi, je l'aime bien cette petite excroissance.

Il se pencha pour l'embrasser.

— Toi aussi, tu es unique !

Il n'eut pas le temps d'aller jusqu'au bout de son geste. Il se raidit d'un coup et se laisser choir sur le sol. La douleur qu'il ressentit à ce moment-là était plus intense que les autres fois.

C'était insupportable au point de préférer la mort.

Il ne put étouffer les cris coincés dans sa gorge, qui sortirent dans une intonation rauque. D'un bond, Samantha s'agenouilla à ses côtés avant de s'exclamer :

— Que se passe-t-il ? Tom ! Parle-moi ! Où as-tu mal ? Tom ?

Le jeune homme était incapable de répondre. La douleur, si forte, lui faisait oublier où il était et avec qui. Il ne voyait ni n'entendait plus rien. Il ne ressentait que la souffrance qui, contrairement aux autres fois, s'intensifiait au lieu de disparaître. Il ne vit pas Sam saisir le téléphone pour appeler les secours, il hurlait de douleur. Il ne se rendit compte de rien, lorsqu'on lui enfonça une aiguille pour lui administrer un calmant.

21

Quand il ouvrit les yeux, la chambre avait changé. Ce n'était plus la sienne. Il était à l'hôpital. Sam et Sean étaient à ses côtés.

— Tom ! dit son amie en arborant un sourire. Comment te sens-tu ?

Il ne répondit pas tout de suite, cherchant à reprendre ses esprits.

— Bien, je crois. Que s'est-il passé ? Pourquoi suis-je ici ?... Mon Dieu, oui, cette douleur !

— J'ai eu très peur, avoua la sœur de Sean. C'était épouvantable !

— Je suis désolé Sam, répondit-il sincèrement, avec l'angoisse de la perdre.

— Un médecin est passé. Tu ne présentes rien d'apparent. Ils vont te faire des examens. Ils ont aussi joué au vampire pendant que tu dormais et t'ont pris un peu de sang.

On frappa à la porte. Un brancardier annonça à Tom qu'il était attendu en radiologie. On le fit asseoir dans un fauteuil roulant.

— Il y en a pour longtemps ? demanda Sam.

— Une grosse heure et demie, répondit l'homme.

Puis, se penchant vers Tom, elle l'embrassa et lui dit :

— Nous allons faire un tour à la cafétéria. À plus tard.

Plus de deux heures et demie s'étaient écoulées lorsque le brancardier remonta le jeune photographe. Sean avait dû partir en promettant de revenir aussi vite que possible.

Quand Tom arriva dans sa chambre, Sam était assise dans un fauteuil et regardait machinalement un reportage sur des animaux d'Afrique à la télévision. Il se sentit rassuré de voir qu'elle n'était pas partie, qu'elle n'avait pas fui.

— Ils m'ont fait plus d'examens que prévu, lui lança Tom. Je suis certain que si l'on éteint la lumière, je deviens phosphorescent.

— Idiot, raconte-moi ! dit-elle en souriant.

— Ils n'ont rien trouvé. J'ai eu droit à un scanner, une IRM et une scintigraphie osseuse. Rien, pas l'ombre de la moindre petite arthrose.

Du coup, je peux sortir.

— Déjà ! Mais les résultats de tes analyses de sang ? Et ils ne peuvent pas te faire d'autres examens ?

— J'ai rendez-vous dans une semaine pour les résultats. Mais crois-moi, ils ne trouveront rien, comme à chaque fois. Je suis sincèrement désolé de t'avoir infligé cela !

— Tu n'y es pour rien. Ce n'est pas pour moi que j'ai eu peur, mais pour toi. J'ai surtout eu peur de te perdre. C'est trop tôt, je n'ai pas encore eu le temps d'apprécier ta compagnie, plaisanta-t-elle.

— Je crois que tes paroles sont les meilleurs remèdes pour aller mieux. Il m'en faudrait matin, midi et soir.

— Je vais appeler Sean pour lui dire que tu sors. Je reste chez toi ce soir. Je ne te laisserai pas seul, rétorqua-t-elle en sortant son téléphone portable de son sac.

Deux heures plus tard, les trois amis arrivèrent chez Tom. Sean resta quelques minutes pour tenir compagnie à sa sœur et à son ami :

— C'est quand même incroyable qu'on n'ait jamais trouvé la cause de ces douleurs, commença Sean alors qu'ils étaient tous les trois installés dans le salon.

— Crois-moi, je préférerais. Je m'imagine toujours le pire.

— Quelqu'un a faim ? demanda Sam.

— Merci, mais je vais vous laisser. J'ai un article à finir, répondit Sean en se levant. J'appellerai plus tard pour prendre des nouvelles. À tout à l'heure !

— OK, à plus tard ! Bon, et toi, as-tu faim ? s'adressa la jeune femme à son ami.

— Je mangerais un bœuf ! Mais je te propose de dîner dehors.

— Cela nous changera les idées de voir du monde.

Lorsqu'ils pénétrèrent dans le pub, ils trouvèrent une salle très animée. La musique, les conversations et les rires allaient bon train. Ils se frayèrent un passage parmi les nombreux clients afin d'atteindre l'escalier qui menait à la salle de restaurant, lorsque Tom eut un moment d'arrêt. Son ami James Logan, le médium, était assis au comptoir.

Il fit signe à Sam de le suivre.

— Bonsoir, James !

— Tom, quel plaisir ! Mademoiselle, il me semble que nous nous connaissons. Je reconnais le charme qui m'a séduit lorsque je vous ai rencontrés, vous et votre frère.

— Bonsoir, monsieur Logan, répondit Sam

en souriant au compliment.

Tom continua :

— Nous allions dîner à l'étage. Voulez-vous vous joindre à nous ?

— Je ne voudrais pas vous déranger.

— Ne vous inquiétez pas, poursuivit Sam. Au contraire, cela nous ferait plaisir.

— En conséquence, j'accepte, si c'est vous qui me le demandez.

Quelques minutes plus tard, ils se retrouvèrent autour d'une table :

— Alors, commença le médium, du nouveau sur votre famille ?

Tom lui raconta sa visite chez le vieux médecin et comment il avait découvert Lingston ainsi que l'histoire tragique de ses grands-parents. Il termina en racontant son après-midi à l'hôpital. Quand il eut fini, James Logan resta un moment silencieux.

Il regarda Tom et, lentement, comme s'il cherchait ses mots, il lui dit :

— Connaissez-vous l'église spiritualiste ?

Tom réfléchit avant de répondre :

— Vaguement. Je sais néanmoins que c'est un médium qui officie, et franchement, je ne m'y suis jamais intéressé, car j'ai un peu de mal à adhérer.

James Logan continua :

— L'église spiritualiste est affiliée à la National Spiritualist Association of Churches. L'origine vient certainement des sœurs Fox, en 1848, des Américaines qui affirmaient communiquer avec les morts. C'est en effet un médium qui officie. Il y a un peu moins de cent églises en Angleterre. Ils ont été formés dans des collèges spécialisés, dirigés par la Spiritualist National Union. J'ai un très bon ami extralucide qui prêche dans l'église de Bedford. J'aimerais que vous m'accompagniez à l'un de ses cultes.

— Et cela me servirait à quoi ?

— Si je vous le raconte là, maintenant, vous ne me suivrez pas. Il faut venir et assister pour comprendre, mais je suis sûr que cela peut vous apporter beaucoup. Faites-moi confiance, dit-il en regardant Tom droit dans les yeux, comme pour le convaincre.

Les deux jeunes gens échangèrent un regard. Tom savait qu'il devait beaucoup à James Logan, et que ce dernier l'avait aidé à avancer. Il avait toujours vu juste. Pourtant, l'idée lui paraissait grotesque et irrationnelle. Il assimilait cela à une séance de vaudou dans une secte. Mais il ne voulait pas confier au médium le fond de sa pensée.

Aussi, il lui sourit avant de répondre :

— Pourquoi pas ?

Sam réagit à son tour, s'adressant à son ami :

— Je n'ai jamais assisté à un culte de ce genre, ce sera l'occasion. Et en plus, si cela est susceptible de t'aider ! Je suis partante.

— Vous viendrez avec nous, demanda Tom en s'adressant au médium.

— Bien sûr ! Pourriez-vous me donner une date que j'en informe mon ami ?

Le photographe réfléchit :

— Je dois partir en reportage dans les prochains jours. Disons dans trois semaines.

Le médium réfléchit :

— D'accord pour le dimanche sept. Je passerai vous chercher à huit heures. Maintenant, je vais devoir vous laisser, il se fait tard. C'est moi qui vous invite ce soir.

Et avant que Tom ou Sam aient eu le temps de répondre, l'homme s'était levé. Ils le regardèrent adresser un signe d'adieu après avoir payé.

Sam déclara :

— Cela doit être étrange d'assister à ce genre de cérémonie.

— Je pense aussi. J'ai toujours estimé cela ridicule, mais il avait l'air tellement solennel. Je n'ai pas réussi à lui dire non. Je ne voulais pas l'offenser.

— Je l'ai bien compris, mais j'ai l'impression de me rendre au cirque.

— C'est aussi mon sentiment, malheureusement.

— Bah ! Cela nous fera une expérience de plus. Je vois que la vie ne manque jamais de piquant avec toi. Cela te dérange-t-il si l'on rentre ? Je suis fatiguée. Il me tarde d'aller me coucher.

Elle se mit à bâiller. Il sourit, se leva et l'aida à enfiler sa veste.

Ils quittèrent le pub bras-dessus, bras-dessous.

22

Le mardi suivant, Sean et Tom s'envolèrent pour la Cisjordanie. À leur retour, Samantha vint les chercher à l'aéroport. Ils étaient exténués.

Heureuse de les retrouver, elle leur posa mille questions sur leur séjour, une fois installés dans la voiture. Son frère lui raconta en quelques mots leur périple. Elle écouta tout en jetant des coups d'œil dans le rétroviseur, à l'intention de son ami. Il était assis à l'arrière, son regard tourné vers la vitre latérale. Il semblait si lointain.

Voyant sa sœur s'inquiéter, Sean finit par lui avouer :

— Tom a de nouveau eu une prémonition qui nous a sauvé la vie.

— Que s'est-il passé ?

— Un accident de voiture. Alors que j'allais monter dans un taxi, Tom m'a suggéré d'en prendre un autre. J'ai un peu râlé, car il n'y en avait pas un seul de libre. Nous avons dû attendre une bonne demi-heure, mais je l'ai quand même écouté. Quand nous avons enfin rejoint l'autoroute, nous avons vu notre premier taxi encastré sous un camion. Il y avait des corps sous des draps blancs. J'en suis encore choqué.

— Mais c'est affreux ! s'exclama sa sœur.

— Puis, avant d'arriver à l'hôtel, Tom a de nouveau éprouvé des douleurs dans le taxi. Heureusement, c'était beaucoup moins intense que la dernière fois.

— Tu n'es pas obligé de tout raconter, lança Tom, irrité.

— Tu vas bien ? demanda Sam.

— Oui, mais cela ira mieux quand j'aurai pris une bonne douche. Je me sens très sale.

— J'avais remarqué ! plaisanta Sam, essayant de détendre l'atmosphère.

Ce jour-là, elle laissa le photographe se reposer et ne revint le voir que le lendemain soir. Ils passèrent ainsi la semaine, se retrouvant de temps en temps. Ils n'abordèrent plus l'incident de l'aéroport.

Le jeudi, alors qu'ils étaient chez Tom, quelqu'un tambourina à la porte. C'était le père Hammett.

— Bonjour, monsieur Partner. Je ne vous dérange pas ? Je suis passé la semaine dernière, mais vous n'étiez pas là.

— Effectivement, j'étais en reportage. Je vous en prie, entrez ! dit-il en reprenant ses esprits.

Tom l'invita à s'asseoir. Il sentait son estomac se nouer, se doutant bien que le prêtre n'était pas venu jusque-là pour une visite de courtoisie.

Sam, un torchon à la main, arriva dans le salon, surprise et lança un regard à Tom, avant de proposer quelque chose à boire. Le prêtre refusa et n'insistant pas, elle alla prendre place près de Tom et lui attrapa la main.

Un silence pesant s'installa pendant quelques secondes.

Puis le photographe demanda :

— Vous avez du nouveau au sujet de ma famille ?

— En quelque sorte. Je ne vous ai pas tout dit la dernière fois. Depuis, je suis rongé par le remords. Mais avant de vous en dire plus, j'aimerais que vous sachiez, que ce je vais vous raconter est... En un mot, promettez-moi de ne jamais révéler ceci à qui que ce soit.

— Je ne comprends pas, répondit Tom interloqué.

— Je veux dire que tout est parti d'un prêtre et s'est enchaîné comme un engrenage au fil des siècles. L'histoire est devenue un secret, caché par l'Église.

— J'ai toujours du mal à vous suivre. Je saisis seulement que vous me demandez de garder l'histoire pour moi. Ne vous inquiétez pas pour ça ! Mais parlez ! Vous avez attisé ma curiosité.

À ces paroles, le prêtre sembla soulagé. Il sentait la sueur lui perler le front. Il essaya de trouver de l'aplomb en se calant contre le dossier du fauteuil.

Il continua :

— Si aujourd'hui je suis venu vous voir, c'est parce qu'il faut que cette histoire s'arrête là. L'Église doit se décharger de ce fardeau.

Tom et Sam échangèrent des regards perplexes, ne comprenant pas la gravité de la situation.

Après un long silence, le religieux continua :

— L'histoire a commencé il y a bien longtemps. C'était le 23 décembre 1566, dans la province française de Champagne et d'Argonne. Les Ardennes, aujourd'hui, à Saint-

Aubin, plus exactement. Cette nuit-là, le curé de la paroisse, le père Gabriel Turdon, fut appelé pour assister à la naissance d'un petit garçon, Antoine Talban. La particularité de cet accouchement était que les parents de ce bébé, ayant vécu dans l'adultère, n'étaient pas des gens comme les autres. Son père, Augustin Piereshi, accusé de satanisme par les habitants du village, avait été lapidé quelques jours avant la naissance d'Antoine. Quant à la mère, elle était considérée comme une sorcière et était rejetée de tous. Cela explique que l'enfant fut baptisé sans parrain ni marraine. La survie de la mère et du petit n'était qu'une question de jours. La population accusait cette femme misérable de tous les malheurs, malgré l'intervention du père Gabriel. Elle mit l'enfant au monde dans des souffrances effroyables. Le pire, c'est que le gamin est né avec une excroissance caudale, une sorte de petite queue qui laissait croire que le diable lui-même l'avait engendré.

Les yeux baissés, le père Hammett ne remarqua pas les regards échangés par les deux jeunes gens.

Il continua :

— Le curé du village n'a rien dit, mais la nouvelle de cette naissance a dû se répandre. Cette même nuit, quelqu'un mit le feu à la cabane de cette misérable femme. Le feu manqua de s'étendre aux maisons. Marthe Talban est morte des suites de ses brûlures. Mais avant de mourir, dans un instinct de protection, elle réussit à amener son fils Antoine chez le père Gabriel. Ce dernier voulut préserver l'enfant et l'emmena dans un monastère à quelques heures du village. Malheureusement, il rendit son dernier souffle en chemin. Son cœur vieilli n'avait pas supporté le froid, les émotions et la fatigue. Puis au fil du temps, la peur a pris le dessus à cause des événements qui suivirent jusqu'à aujourd'hui.

Le prêtre se tut, le regard perdu. Il releva la tête et sourit à Samantha avant de lui demander, d'une voix hésitante :

— Si vous aviez un alcool fort, ce ne serait pas de refus.

La jeune fille acquiesça et se leva. Elle rapporta une bouteille de scotch avec trois verres et alla chercher des glaçons dans la cuisine.

Tom ne répondit rien, plongé dans ses pensées. Antoine Talban était né avec une excroissance dans le dos, lui aussi. Ce qui était considéré comme une petite malformation aujourd'hui était, à l'époque, perçu comme un signe du diable, surtout si ses parents se servaient de plantes pour soigner.

La voix de Sam le fit revenir à la réalité quand elle lui tendit un verre. Le prêtre attrapa le sien et but une gorgée avant de poursuivre son histoire :

— Comme je vous l'ai dit, la naissance d'Antoine Talban fut tenue secrète afin de le protéger. Avant de mourir, le père Gabriel eut le temps de le confier à l'abbé Nicolas de Monfreid qui mit l'enfant à l'abri dans un couvent. L'enfant fut élevé par les sœurs qui s'attachèrent très vite à lui. Seule la supérieure, mère Thérèse, était informée de son histoire. Il reçut la meilleure éducation, apprit à travailler. Courageux, il soutint les sœurs dans les tâches les plus ardues. Il se retrouva fin prêt lorsqu'il atteint ses dix-sept ans, pour trouver un travail et mener sa propre vie. Tout aurait pu aller pour le mieux, mais depuis son plus jeune âge, Antoine parlait dans son sommeil. Aucune sœur ne le sut jamais. Seule la mère supérieure, pendant sa ronde de surveillance le soir, l'entendait à travers la porte de sa cellule.

Le prêtre attrapa son verre sur la table basse et en but une seconde gorgée. Sam en profita pour prendre la parole :

— Cela arrive à tout le monde de parler en dormant. Ne me dites pas qu'à cette époque, on considérait cela comme un acte de satanisme ?

— Non, bien sûr, reprit le père Hammett. Le problème n'était pas qu'il parlait en dormant. Mais c'était ce qu'il disait. Il prédisait des événements qui survenaient le lendemain. La première fois que mère Thérèse l'entendit, il était en train d'annoncer la mort du chien qui vivait au couvent. Il criait au chien de s'éloigner. Inquiète d'entendre l'enfant crier, elle alla dans la cellule pour découvrir qu'il dormait. Elle crut que ce n'était qu'un mauvais rêve jusqu'au lendemain matin. Ce fut elle qui découvrit la pauvre bête morte, une patte blessée par la morsure d'un serpent qu'elle avait dû pourchasser.

Au bout de trois ou quatre fois, Thérèse en parla à l'évêché. Il ordonna de mieux surveiller les agissements de l'enfant, ne sachant pas si cela tenait du miracle ou du satanisme.

La mère supérieure convint que cela tenait du miracle lorsqu'elle évita un accident de charrette qu'avait prédit le garçon. Elle marchait en tenant la longe du cheval, se refusant de monter dans le véhicule. Les propos de l'adolescent lui résonnaient encore dans la tête. Et effectivement le cheval, apeuré par le hurlement d'un loup, s'emballa. Il fit renverser la charrette sur un rocher, ce qui aurait tué

Thérèse si elle avait été sur le siège.

Mais surtout, elle lui était très attachée. Un instinct maternel s'était développé au fil des années.

Lorsqu'Antoine quitta les sœurs à dix-sept ans, ce fut un grand déchirement pour la mère supérieure, qui n'était plus très jeune.

Il arpenta les routes et pratiqua tous les métiers. Il n'oublia jamais de donner de ses nouvelles au couvent. À vingt ans, il s'installa dans une ville du Doubs où il ouvrit un commerce de tissus. Un an plus tard, il épousa une fille du village. Elle mit au monde deux fillettes. Puis, ils eurent un garçon, Louis Talban, en 1593. Il avait la même particularité que son père, une excroissance en bas de la colonne vertébrale. Mère Thérèse avait écrit au curé de la paroisse où vivait Antoine et les siens. Elle voulait le tenir informé, lui demandant de conserver le secret et de veiller sur sa famille.

— Mais pourquoi ne pas avoir dit la vérité à Antoine sur ses origines tout simplement ? demanda Tom.

— À l'époque, la notion du diable était différente d'aujourd'hui. Les personnes se faisaient tuer pour un rien, juste par crainte ou par préjugés. On brûlait des gens qui préparaient des remèdes à base de plantes, accusés de sorcellerie. Cette promesse de protéger Antoine faite par le père Gabriel s'est transmise tout naturellement entre prêtres. Avertir Antoine aurait pu le mettre en danger. Et surtout, il y avait cette peur de voir le malheur s'abattre sur soi. Ils le protégeaient surtout par crainte de représailles de la part du démon.

— Mon Dieu, je préfère vivre à notre époque, lança Samantha. Oh, veuillez m'excuser mon père !

Le prêtre sourit, but encore une gorgée et se racla la gorge afin de reprendre le cours de son histoire :

— Je disais donc que Louis était venu au monde. Son père continuait à faire des prédictions en dormant. Une nuit, il prédit la mort de son beau-père. Sa femme l'entendit. Or, le cœur de ce dernier lâcha dès le lendemain. Sa femme prit peur. Elle accusa son mari, à qui voulait l'entendre, de converser avec le diable dans son sommeil. C'est la raison pour laquelle elle avait mis au monde le fils du diable. Cet enfant né avec une queue. La population finit par se montrer menaçante. Ainsi, Antoine et son fils trouvèrent refuge chez le curé. Il les aida à passer en Suisse, pour les confier à un prêtre d'un village dans le canton de Berne. Louis et Antoine vécurent ainsi loin de leur famille. Le père assura l'instruction nécessaire à son fils, travaillant dans les champs pour pouvoir les faire vivre tous les deux. Il ne se remaria jamais. Quant à Louis, il s'intéressa à l'astrologie. Son papa lui trouva tous les livres nécessaires et aussitôt, il se mit à étudier des thèmes astraux. Peut-être aidée par les prédictions de son père, sa renommée grandit vite et des gens fortunés venaient de très loin pour le consulter. Il était également très doué. Malheureusement, à vingt-neuf ans, il se retrouva seul après la mort de son père. Pour combler le vide, il épousa presque aussitôt une paysanne. À trente ans, il se retrouva papa d'une petite fille, Marie Talban. Elle naquit en 1623 avec une excroissance en bas du dos.

N'y tenant plus, Tom l'interrompit.

— Cette excroissance, moi aussi je l'ai !

— Je pense que vous pouvez considérer cela comme une marque laissée par vos ancêtres à toutes les générations qui ont possédé un don.

— Vous me faites peur !

— Je n'ai pas dit que c'était la marque du diable. Je parle d'un don, de quelque chose qui n'est pas acquis par la plupart d'entre nous, mais par une minorité de personnes. Chaque membre de votre famille était quelqu'un de bien, qui malheureusement vivait dans une époque avec des croyances. Aujourd'hui, cette excroissance, est comme une tache de naissance ou un grain de beauté transmis de génération en génération.

Tom acquiesça. Sam proposa d'aller faire des sandwiches avant d'écouter la suite, ce que les deux hommes acceptèrent. Ils échangèrent peu de mots pendant qu'ils dévoraient les en-cas apportés dans une assiette. Tom avait ouvert une bouteille de vin rouge qu'ils burent aux trois-quarts. Cette pause leur fit le plus grand bien. À la fin du repas, Samantha alla préparer du café français. Le prêtre et son ami échangeaient leurs avis sur l'histoire que venait de conter le religieux.

Une fois le café servi et chacun installé, Tom l'encouragea à continuer :

— Nous en étions à la naissance de Marie Talban, en 1623, lança-t-il.

— Effectivement, répondit père Hammett. Marie fut élevée avec beaucoup d'amour. Son père essaya de lui apprendre l'astrologie, mais l'enfant n'y perçut aucun intérêt. En dehors de l'instruction qu'elle recevait de Louis, elle aimait flâner dans la nature, ramasser des plantes afin de pouvoir les étudier à travers les livres. Elle s'adonna à toutes sortes d'expériences. Elle finit par créer des remèdes qui soignèrent plus d'un habitant du village. On ne cessa de la réclamer aux moindres maux. Bien que déçu que sa fille ne s'intéresse pas à l'astrologie, Louis, son père, était très fier d'elle. Elle étudiait très vite le monde des plantes et instinctivement, elle savait créer toutes sortes de remèdes efficaces. À vingt ans, Marie épousa le fils d'un boulanger, Pierre Courtaud. Ensemble ils eurent un garçon, Séraphin, né en 1645. Louis, son grand-père, mourut quand ce dernier eut cinq ans. C'était peu de temps avant que ses parents ne périssent dans un accident de charrette. Le curé de la paroisse le recueillit et découvrit qu'il était doté du don de guérison juste avec ses mains. À notre époque, on parlerait de magnétisme.

— Lui aussi avait une excroissance ? demanda Tom.

— Oui. Le problème est qu'il vécut à une période où l'on faisait activement la chasse aux sorcières. De plus, les habitants du village avaient fini par raconter une légende autour de lui. Il fut dénoncé aux autorités et arrêté pour être brûlé avec beaucoup d'autres. Par chance, il réussit à s'échapper de la Suisse. Seul, le père Barnabé fut mis dans la confidence.

Séraphin choisit de s'installer à Londres en 1666. Il se maria là-bas avec une femme nommée Helen. De leur union naquit une fille, Myriam, qui vint au monde lors du grand incendie de Londres, durant lequel Séraphin perdit la vie. Un groupe d'hommes le pendit. Ils lynchaient tous les étrangers qu'ils croisaient, les accusant d'être à l'origine de l'incendie.

Le reporter secoua la tête s'indignant de la bêtise des hommes.

Le religieux continua :

- Sa femme Helen éleva seule sa fille Myriam, soutenue par Foued, un apothicaire, patron et ami de Séraphin. Malgré tout l'amour qu'ils lui donnèrent, la petite demeura une enfant triste et renfermée. Elle s'isolait pour s'adonner à l'ésotérisme. Le prêtre de la paroisse essaya de la raisonner. Rien n'y fit, au désespoir immense de sa mère et de Foued. Celui-ci s'éteignit peu de temps après, à l'âge de quatre-vingt-seize ans. L'enfant devint une belle femme et elle épousa un homme qui possédait les mêmes centres d'intérêt que les siens. Rejetant chacun leur famille, ils vécurent dans la misère extrême. Myriam mit au monde deux enfants. Le premier mourut de maltraitance. Le second, Charles, né en 1697, fut sauvé in extremis par sa grand-mère qui l'éleva avec beaucoup d'amour. Myriam mourut de froid, deux ans après, lors d'un hiver particulièrement rude. On n'entendit plus jamais parler du père du garçon. Il disparut sans laisser de traces.

Un bruit fracassant se fit entendre. Samantha avait fait tomber une cuillère en ayant un mouvement de désapprobation à cause de ce qu'elle venait d'entendre. Elle s'excusa tout en ramassant l'ustensile :

- Vraiment désolée ! Mais cette histoire est si terrible… Continuez mon père.

Ce dernier lui sourit :

- Charles et sa grand-mère Helen vécurent au-dessus de la boutique que le vieil apothicaire leur avait laissée en héritage. Les affaires n'allaient pas au mieux à cause des différentes réglementations sur les remèdes. Mais Helen tint bon et réussit à les faire vivre tous les deux. Quand il fut en âge, son petit-fils l'aida au magasin et finit par la remplacer lorsqu'elle fut trop fatiguée et usée. Il attira une nouvelle clientèle grâce à son don de médium. Il aimait converser avec les clients. Il les observait, s'intéressait à eux et avec une aisance remarquable, il arrivait à deviner certains éléments de leur vie. Les curieux affluèrent à la boutique. Bientôt, les gens trouvèrent l'excuse de venir acheter des remèdes dans le dessein de rencontrer le jeune homme. Ils voulaient lui demander conseil sur le chemin à prendre pour leur avenir. Il ne chercha pas à exploiter ce don et se contenta juste de faire venir la clientèle. Sa grand-mère mourut de vieillesse, alors que Charles devenait papa de jumeaux après avoir épousé la fille d'un armurier, Élisabeth. De ses deux enfants, un seul eut une excroissance, Paul. Ce dernier, quand il fut en âge, reprit l'apothicairerie.

Le prêtre se servit un verre d'eau qu'il but d'une traite. Chacun retenait son souffle.

Enfin il poursuivit :

- Son frère Georges s'occupait de l'armurerie. Charles redouta que son fils Paul ne devienne comme sa propre mère Myriam et qu'il s'intéresse aux sciences occultes. Le soir, son fils s'enfermait et l'on pouvait l'entendre chanter des incantations et implorer les morts. Il disait bénéficier du pouvoir de parler à ceux qui se trouvaient dans l'au-delà. Tous les soirs, il conversait avec sa grand-mère Helen. En âge de se marier, il fit fuir de nombreuses prétendantes. La clientèle se faisait de plus en plus rare, les gens n'osant plus le rencontrer dans le magasin. Paul appliqua les conseils de son frère et se fit davantage discret. Mais sa réputation le poursuivit. Lorsqu'enfin, il trouva demoiselle, cette dernière prit peur au cours de la nuit de noces, lorsqu'elle découvrit son excroissance caudale. Cette seule nuit suffit pour qu'elle soit enceinte. Elle accoucha d'un petit garçon, Shaun, en 1749. Lui aussi naquit avec la même particularité que ses ancêtres. Sa mère le rejeta aussitôt et l'amena à Paul, en lui disant qu'elle ne voulait pas côtoyer le diable. Elle abandonna ainsi définitivement mari et enfant.

— Quelle histoire effroyable, interrompit Sam. C'est ignoble de la part d'une mère !

— C'était en 1749, n'oubliez pas, répondit le père Hammett.

D'un geste machinal, il jeta un coup d'œil à sa montre et s'exclama :

— Il est tard ! Je suis désolé, je dois partir.

— Comment cela ? rétorqua Tom abasourdi. Mais, vous ne nous avez pas tout raconté !

Le religieux se défendit :

— Je sais, et j'en suis sincèrement navré. Mais le devoir m'appelle. J'ai une messe à célébrer dans moins de trois-quarts d'heure.

D'un air dépité, Tom regarda le prêtre se lever. Il aurait tant aimé connaître la suite, mais il comprenait aussi qu'il devait partir et il ne pouvait le retenir.

Samantha, aussi déçue que son ami, lui prit la main comme pour le soutenir.

Le religieux rassemblait ses affaires, aussi préoccupé qu'eux de devoir interrompre l'histoire de la famille de Tom. Mais, il le savait, la suite de l'histoire était encore longue. Il ne pouvait cependant pas manquer à son devoir.

Il commençait à se diriger vers la porte, lorsqu'il eut un moment d'hésitation.

Il se tourna vers des deux jeunes gens et leur dit :

— Écoutez, tout ce que je peux vous proposer, c'est de venir à Lingston avec moi. Nous pourrions manger chez moi après la messe, qu'en dites-vous ?

— Bien entendu que c'est d'accord ! lança vivement Samantha en se tournant vers Tom.

— Merci, répondit ce dernier.

23

Samantha fut étonnée de voir autant de monde affluer vers la petite église. Tous les âges étaient représentés. Ne sachant pas si elle devait croire en quelque chose ou non, elle était loin d'être pratiquante et très novice en la matière. Elle s'installa au fond, aux côtés de Tom, et attrapa un missel.

Sans tarder, l'église fut comble et l'on referma les portes. Père Hammett commença par lire un passage de l'Évangile, dans lequel Jésus arrive à Bethsaïde et où on lui demande de guérir un aveugle.

Sam, bien que n'ayant pas acquis d'instruction religieuse, connaissait ce miracle parmi les douze autres décrits dans l'Évangile, sans pour autant en comprendre entièrement le sens.

Aussi, d'une oreille attentive, elle écouta le prêtre commenter le texte. Il indiquait que Jésus ne voulait pas divulguer ce phénomène. Les actions louables devaient être faites en toute discrétion. Il expliqua par la suite que deux tentatives furent nécessaires pour guérir l'aveugle. Il voulait montrer qu'il faut passer par plusieurs étapes pour arriver à son objectif. Son message était : plus la foi grandit, mieux le miracle se réalise. Ces dernières paroles laissèrent Sam songeuse. Elle observa Tom qui semblait être tout ouïe. Lui aussi avait vécu plusieurs étapes avant de connaître son passé. Mais il ne devrait pas baisser les bras pour accéder à la vérité.

Des chants suivirent le prêche. Sam sourit à Tom quand ce dernier se mit à entonner les refrains presque à tue-tête.

À la fin de la cérémonie, ils sortirent pour attendre le père Hammett. Ce dernier sortit une demi-heure plus tard et les invita à entrer chez lui. Il les installa dans la cuisine et mit une marmite à chauffer sur la gazinière.

— Un ragoût de mouton, préparé par miss Norton, une de mes fidèles, dit-il en installant le couvert. Un pur délice !

Sam lui répondit par un sourire. Tom sortit une feuille de papier pliée de la poche de son pantalon :

— J'ai réalisé une sorte d'arbre généalogique avec Samantha en vous attendant. Si vous pouvez y jeter un œil.

Ce que fit le religieux avant de servir ses invités :

— C'est exactement cela. Mais avant que je continue, goûtez ce ragoût. Vous verrez, il est excellent.

Sam et Tom commencèrent à manger et réalisèrent qu'ils avaient une faim dévorante. Ils firent honneur au plat. Ils n'hésitèrent pas à tendre leur assiette lorsque le père Hammett leur proposa de les resservir. Après le repas, ils débarrassèrent la table, et le jeune prêtre les invita à poursuivre leur conversation dans son bureau :

— Voyons, reprit-il. Shaun est né en 1749. C'était un enfant surdoué, qui se plongea très tôt dans les livres et développa une passion pour le latin. Son père l'encouragea et lui procura tous les ouvrages qu'il put acheter. L'un d'eux attira particulièrement l'attention de Shaun : « Le recueil des traités de médecine » de Al-Razi, un illustre alchimiste. Il le traduisit d'un bout à l'autre et c'est ainsi qu'à treize ans, il découvrit l'alchimie et fut séduit par cette pratique. Non pas pour la recherche de la pierre philosophale qui permettrait de transmuter les matériaux naturels en or ou en argent. Non, la recherche de l'élixir qui permettrait la prolongation de la vie le subjugua.

- *C'est dommage* ! Ne put s'empêcher de penser Samantha.

- À treize ans, il sut que l'alchimie représenterait le but de sa vie. Il étudia aussi Aristote qui démontrait l'influence des planètes sur les expériences et qui tenait des discours ésotériques. Malheureusement pour lui, tout comme ses aïeux, d'insupportables douleurs le handicapaient. Cette infirmité représentait un frein majeur dans ses recherches, le clouant au lit pratiquement chaque jour. Son père Paul mourut lorsqu'il avait quinze ans. Son oncle Georges le recueillit. Il s'en occupa comme son fils, n'ayant lui-même pas eu la joie d'avoir des enfants. Les douleurs étaient de plus en plus présentes. Georges envoya son neveu se soigner dans les meilleures institutions, mais rien n'y fit. Le mal persistait. À vingt-cinq ans, Shaun s'éprit d'une jeune infirmière, rencontrée dans un de ces centres de soins. Il l'épousa à la joie immense de son oncle. Cette dernière lui donna un fils, Wilson, qui assista à l'union houleuse de ses parents, entre le rationnel et l'irrationnel. Son père dans ses spéculations philosophiques et mystiques, et Ann, son épouse dans le concret de la médecine. Mais l'alchimie, cette passion que Shaun avait découverte, prit le dessus et il abandonna sa femme et son enfant pour la vivre pleinement. Il s'exila en France après avoir entendu parler d'Antoine Lavoisier, chimiste et philosophe mandaté par le roi Louis XVI pour étudier le magnétisme animal.

— Qu'est-ce que c'est ? demanda Sam.

— Le principe est que le corps est rempli de flux naturels, qui quelquefois sont mal répartis et causent des maladies. Grâce à l'emplacement des planètes, au fluide que le magnétiseur est capable de transmettre dans une sorte d'état de transe, le corps guérit. Cette pratique s'appelle le magnétisme animal. Elle s'est étendue sous d'autres formes de nos jours, comme l'hypnose ou les soins par magnétisme. Cette nouvelle approche thérapeutique fut introduite par un médecin allemand, Mesmer, qui publia un livre sur le sujet et l'influence des planètes sur ce fluide. Mesmer voulait démontrer que c'était une véritable science et Antoine Lavoisier fut chargé de fournir une interprétation rationnelle à cette pratique curieuse. Shaun, certain que ce fluide naturel était la clé de la vie éternelle et la solution à ses douleurs, s'en fut ainsi en France. Il voulait rencontrer ce fameux Antoine Lavoisier. Malheureusement, pendant le voyage qui dura plusieurs jours, les douleurs furent fulgurantes. Ce fut si insupportable qu'il mit fin à ses jours avant le terme du périple, en 1784. C'était peu de temps avant que la Faculté de médecine condamne les travaux de Lavoisier en mettant Mesmer au rang des charlatans.

— Cette souffrance qui revient fréquemment chez chacun de mes aïeux. Je la subis, moi aussi, dit gravement Tom.

— C'est malheureusement quelque chose de récurrent que jamais personne n'a réussi à élucider. Et à l'époque, il n'y avait aucun moyen d'apaiser ce mal. Cette souffrance composait le patrimoine génétique, tout comme cette excroissance ou la passion pour le monde irrationnel.

— Et Wilson, le fils de Shaun ? Qu'a-t-il a fait de sa vie ? demanda Sam.

— Wilson fut un rebouteux particulièrement doué. Il mena une longue vie harmonieuse. Sa femme lui donna trois enfants en parfaite santé, deux filles et un garçon, Andrew. Les deux filles poursuivirent la voie de leur père et devinrent de très bons rebouteux. David se maria avec une paysanne et eut une fille Lisbeth, en 1880.

Malgré l'amour de son grand-père Jack et de ses parents, elle s'avéra être une enfant capricieuse qui aimait faire le mal autour d'elle. Tous étaient désespérés de son comportement violent. Ses parents craignaient qu'elle ne présente le démon en elle. Malencontreusement, cette pratique, mal vue chez les femmes, rebuta les prétendants et elles ne se maria jamais. Quant à Andrew, il prit une autre voie, celle de l'exorcisme, au grand dam de ses parents et de ses sœurs, qu'il choisit d'ignorer, se sentant incompris. Il consacra sa vie à exorciser le mal et à désenvoûter. Il épousa une femme qu'il avait sauvée d'un démon. Ils eurent un fils, Jack, en 1830. Très tôt, Jack fut en proie à des douleurs brutales qui le clouaient au lit des heures durant. Paradoxalement, l'enfant voulut apprendre à faire du pain et devint mitron. Contrairement à ses aïeux, aucune science paranormale ne l'attirait.

- C'est assez étonnant ; lança Tom.

Le prêtre leva l'index avant de continuer :

- Attendez la suite. Il façonna toute sa vie pour le même boulanger. Ce n'est que très tard, alors qu'il était âgé de cinquante ans, qu'il se rendit compte qu'il possédait un don, celui de conjurer le feu. C'est arrivé par hasard lorsque la manche de la chemise de son patron s'enflamma alors qu'il repoussait des pains mal engagés dans le four. Jack éteignit le tissu en feu à l'aide d'un seau d'eau. Machinalement, sans réaliser ce qu'il faisait, il cracha sur le bras. Il recommença plusieurs fois avant d'étaler la salive à l'aide de sa main. La peau se cicatrisa instantanément, ne laissant paraître que quelques rougeurs et écorchures. La nouvelle se répandit comme une traînée de poudre et Jack fut appelé aux quatre coins de la ville pour traiter les multiples brûlures.

- C'est invraisemblable tous ces dons ! Je suis sidérée par cette histoire, c'est presque irréel ! s'écria Sam.

- Tout à fait. Mais Jack ne voulait pas de cette vie. Malgré de nombreuses sollicitations, il persévéra dans son métier de boulanger. C'est son fils David qui reprit le flambeau. Il n'acceptait pas de voir son père en crise. Lors de ses insoutenables douleurs, il venait s'allonger contre lui et plaquait ses mains sur le bas de son dos. À ce contact, son père et lui-même ressentaient comme une chaleur et la douleur disparaissait. David découvrit ainsi qu'il avait du magnétisme et chercha à en savoir davantage. Il trouva un maître, Loyd Thomson, qui lui enseigna tout ce qu'il avait à apprendre.

Son père Jack en fut chagriné, mais il ne le lui montra jamais. Il le laissa aller au bout de son enseignement, l'encourageant et le consolant quand il n'arrivait pas à soigner une personne. Avec l'expérience, il finit par acquérir une certaine dextérité. Son père fut son défenseur le plus fervent, avec des douleurs que son fils arrivait à calmer de mieux en mieux.

Il fit une pause avant de continuer :

- Ils l'emmenèrent chez le curé. Lisbeth lui cracha dessus avant de prendre la fuite. Par la suite, elle resta cloîtrée dans sa chambre, ne sortant que pour se procurer quelques denrées à la cuisine. Personne ne comprenait ce qu'elle faisait, enfermée toute la journée. Quand la maison était calme, on pouvait entendre des chants lugubres et quelques incantations provenant de son antre. Puis elle se mit à sortir la nuit, ne revenant qu'au petit matin. Ses parents essayèrent d'en savoir plus, mais en vain. À la suite d'une dispute acharnée, elle quitta le foyer. Elle laissa derrière elle ses parents et grands-parents dans le chagrin. Pendant des années, ils n'obtinrent aucune nouvelle. Ils finirent par apprendre que leur fille était devenue une sorcière pratiquant le vaudou. Ils surent qu'elle prit part à des rituels à la nuit tombée, en envoûtant des poupées afin de provoquer le mal. Lorsqu'ils apprirent qu'elle avait mis au monde une fille, Pénélope, ils essayèrent de la retrouver, en vain. Nous étions en 1909. L'enfant devint une belle jeune femme, incarnant la bonté. Battue par sa mère, elle quitta le foyer familial peu avant ses quinze ans. Elle vécut dans la rue où elle rencontra une cartomancienne âgée qui lui apprit à lire dans les cartes. Au décès de cette femme, Pénélope se mit à lire la bonne aventure dans la rue afin de pouvoir survivre. Elle finit par se faire employer dans un cirque où elle épousa votre grand-père, un voltigeur équestre. En 1937, lorsqu'elle fut enceinte de votre mère Judith, elle chercha à retrouver sa famille maternelle. Mais il était trop tard. Ses grands-parents étaient morts de vieillesse. Pénélope ne chercha pas à revoir sa mère. Elle décida de rejoindre ceux qu'elle considérait comme les siens, les membres du cirque. La suite, vous la connaissez avec ce meurtre barbare qui l'a laissée orpheline.

— Et ma mère, quel était son don ? demanda Tom.

Le prêtre mit quelques secondes avant de réagir. C'était comme s'il recherchait dans sa mémoire. Ou peut-être hésitait-il à répondre.

Tom était en suspens, ne sachant pas à quoi

s'attendre :

— Elle pratiquait la kabbale chrétienne, du moins jusqu'à l'année de votre naissance.

— La quoi ? s'enquit le photographe.

— C'est une pratique occulte qui étudie les flux d'énergie où vivraient des créatures. Ces flux représentent le monde de kabbale. Les créatures sont des anges, chacun avec des fonctions qui lui sont propres. Il y a l'ange du physique, Mihael, celui de l'émotion, Pahaliah... Chaque petit être appelle à un rituel d'invocation où il faut prononcer son nom. Votre mère s'était ainsi bâti un monde. Elle pouvait faire appel aux anges pour la protéger de toutes les peurs qu'elle avait en elle.

Tom, les yeux écarquillés, ne savait que répondre. Il ne connaissait pas l'existence de cette croyance, la kabbale chrétienne. Il baissa la tête en repensant à sa mère. Il aurait préféré qu'elle continue à invoquer ses anges. Peut-être qu'ainsi, elle se trouverait toujours là aujourd'hui, auprès de lui.

Sam et Tom restèrent encore un peu avec le père Hammett et finirent par prendre congé en le remerciant de leur avoir révélé la vérité.

Ils le rassurèrent sur le fait que l'Église pouvait être sereine. Cela ne ferait pas la une des journaux.

Le prêtre se proposa de téléphoner pour qu'on leur envoie un taxi. Ils sortirent tous les trois pour l'attendre. L'air était printanier. Tom en profita pour demander quelques détails sur ses ancêtres. Il était heureux de connaître enfin leur histoire.

Ce fut leur seul sujet de conversation entre lui et Samantha sur le chemin du retour. Lorsqu'il arriva chez lui, il n'alla pas se coucher immédiatement.

Il embrassa Sam qui était exténuée et se dirigea dans son bureau.

Il prit une feuille où il écrivit : ARBRE GÉNÉALOGIQUE DE TOM PARTNER.

24

Tom et Sam se retrouvaient chaque soir après le travail. Les jours qui suivirent la visite au prêtre, ils ne parlèrent que de son récit. Ils cherchèrent d'autres détails dans les archives, sur Internet, mais en vain.

Tom reçut les résultats de ses analyses de sang et, comme il l'avait supposé, elles ne révélaient rien d'anormal. Le médecin qui le reçut en consultation conclut que ce devait être psychosomatique et lui indiqua un confrère et ami.

Quant à Sam, elle essaya de trouver un remède pour apaiser ses douleurs. Elle essaya les cataplasmes de boue, d'avoine grillée et d'autres méthodes encore, qui firent bien rire le jeune homme sans le soulager pour autant.

Un samedi soir, alors qu'ils s'apprêtaient à aller au cinéma, le téléphone sonna. Tom répondit.

— James Logan ! s'exclama-t-il quand il distingua la voix de son interlocuteur. Quel plaisir de vous entendre… Oui, bien sûr… Sept heures trente… D'accord… À demain !

Il raccrocha et se tourna vers Samantha, d'un air dépité :

— James Logan, j'avais complètement oublié ! s'écria-t-il.

— Mon Dieu, répliqua Samantha, le culte spiritualiste à Bedford. Moi aussi, je l'avais oublié.

— James Logan passe nous prendre demain à sept heures trente.

— Et une aventure de plus, plaisanta Samantha. Au moins, avec toi, on découvre un tas de choses. Je ne m'ennuie jamais en ta présence.

Tout en murmurant ces mots, elle lui prit le visage entre les mains et l'embrassa tendrement. Tom se sentit gêné par ses propos. Il avait peur qu'elle ne se lasse de lui avec toutes ces histoires. Il la serra contre lui.

— Allons-y, sinon nous raterons le début de la séance de cinéma, proposa la jeune fille.

— OK, tu as raison, allons nous détendre.

Le lendemain matin, ils se levèrent très tôt. Le trajet se passa dans le calme. Il pleuvait et chacun était plongé dans ses pensées. Ils entrèrent dans la ville de Bedford. Les rues étaient larges et calmes. Ils passèrent devant la gare et remontèrent Queensway. Les deux jeunes gens ne connaissaient pas les lieux.

Ils savaient qu'il y avait eu un château, il y a fort longtemps, aujourd'hui détruit. Mais ils n'étaient pas là pour faire du tourisme et leur appréhension grandit lorsque le médium stationna la voiture devant une maison anonyme avant de leur dire :

— C'est ici. Le culte d'aujourd'hui est en votre honneur Tom. Il suffit de vous laisser faire. Vous verrez, mon ami Sally Wolf est époustouflant.

— On dirait qu'il y a du monde, répondit presque timidement Tom.

— Ne vous inquiétez pas. Tout ce que vous aurez à faire est d'écouter et d'observer.

Ils entrèrent. La salle entourée de murs blancs était habillée d'un sol stratifié et de rideaux bleus. Deux rangées d'une dizaine de chaises, assorties aux couleurs des rideaux, étaient séparées par l'allée centrale qui menait à une sorte d'autel moderne. Quelques personnes étaient déjà assises. James Logan conduisit Tom et Samantha afin de les installer sur les chaises de la première rangée.

Tom sentit son cœur battre dans tout son corps. Il était impressionné. Il regarda Sam, qui fixait, droit devant elle, le médium qui allait officier. Elle semblait captivée par le regard d'un bleu intense de Sally Wolf. L'homme était gigantesque et de forte carrure.

Tom sentit la peur l'envahir devant le charisme de l'homme. Il essaya de se calmer, se rassurant sur le fait que tout ceci n'était que des simagrées, du théâtre tout au plus.

Le médium effectua le tour de l'autel et se mit face au public. Le silence fut immédiat. Il commença par réciter une prière. Tom ne savait pas quelle attitude tenir. Cela devenait solennel. Sally Wolf finit par un signe de croix, puis descendit pour se rapprocher de l'assistance. Il entama un long discours sur la foi. Il parla de Dieu comme d'une intelligence universelle. Par moments, il haussait le ton, fixant de son regard foudroyant les uns puis les autres. Tom trouvait l'ambiance caricaturale. À la fin de son discours, il entonna un chant que tous reprirent en chœur. Tous semblaient ne faire qu'un avec le médium, sauf Samantha et Tom qui se lançaient des regards interrogateurs.

Vint enfin le moment de la démonstration de

médiumnité. La couleur des lumières changea et prit une teinte rouge. Sally Wolf s'adressa à certains en leur posant des questions. Il ne leur laissait pas le temps de répondre, dans le dessein de leur démontrer qu'il voyait clair à travers eux. Tout en formulant ses questions, il désignait chaque personne concernée du doigt.

Tout allait très vite.

— Comment vont les enfants ? Du souci avec le grand ? Et vous, est-ce que votre femme a pris rendez-vous chez le médecin ? Monsieur, avez-vous parlé avec votre patron ?...

Le ton de sa voix se durcissait. Le médium semblait vouloir galvaniser l'audience. Puis, tout à coup, il se tourna vers Tom et annonça à l'attention de l'assistance, mais en fixant le jeune homme :

— Voici l'heure de rentrer en contact avec l'esprit des défunts !

Une musique d'un style new age retentit. Le médium éleva la voix et continua :

— Je sens un esprit qui veut entrer en contact avec nous. Je le sens, il est là. Il est parmi nous. Esprit, manifeste-toi !

La musique s'intensifiait. Un vase posé sur l'autel bascula, éparpillant les fleurs.

— Oui, il est bien là. Il s'est manifesté. Esprit,

exprime-toi… Dis-nous qui tu es !

Tout en prononçant ces mots, Sally Wolf appliqua ses mains sur ses tempes. Il procurait l'impression de se mettre dans un état de transe.

Il hurla :

— Parle-moi, qui es-tu ? Piereshi ? Oui, c'est cela !

Tom se raidit. James Logan lui avait promis qu'il n'avait fourni aucun détail au médium. Comment pouvait-il connaître le nom de son aïeul ?

Le médium tomba à genoux.

— Cette douleur, je la ressens ! La première pierre dans le bas du dos, tu as mal. La méchanceté des humains, tu souffres !

Puis tout à coup, un silence s'installa et la lumière redevint blanche. Le médium se releva difficilement et lança à l'assistance :

— L'esprit d'Augustin Piereshi était parmi nous, un être lapidé par la foule, accusé de sorcellerie. La première pierre jetée par un homme l'a touché au bas de la colonne vertébrale, si fort que ses os furent brisés dans le choc. Cet esprit veut vivre en paix. Il souhaite une cérémonie digne.

Puis, se tournant vers Tom qui était éberlué, il rajouta en le pointant du doigt :

— Vous pouvez sauver son âme et l'aider à rejoindre le tout-puissant. Allez sur la fosse où ils l'ont jeté. Donnez-lui la cérémonie qu'il mérite ou vous et vos descendants continuerez à subir sa souffrance !

Tom ne put se contenir davantage. Il se leva, manquant de renverser sa chaise et quitta la salle, suivi de Samantha.

À l'extérieur, il finit par s'arrêter et se retourna pour lui dire :

— Viens ! Laissons-les poursuivre leurs absurdités.

La jeune femme acquiesça et bientôt, ils se retrouvèrent assis autour d'une table, dans un pub voisin.

— Avoue que c'est quand même troublant, commença Samantha.

— Qu'est-ce qui est troublant ? lança Tom d'une voix cinglante qui effraya son amie. James Logan a dû le renseigner sur mes ancêtres. Ce Sally Wolf ne m'a rien appris. On le savait qu'Augustin Piereshi était mort lapidé. Tu parles d'un scoop ! Comment ai-je pu me faire entraîner dans cette idiotie grotesque ?

— Mais tes souffrances dans le bas du dos ! Sa théorie est plausible. En tout cas, elle semble correspondre !

— Moi aussi, je peux te soumettre des

théories. Il sait que je suis en proie à des douleurs régulières et il s'en sert en trouvant un motif ésotérique. Ainsi, cela fait bien plus spectacle. Et tous ces crétins qui le suivent dans son délire. Il est doté de charisme. Il s'en sert pour appâter les plus faibles comme dans une secte. Maintenant, il me parle de faire passer une âme dans l'au-delà !

— Tu as certainement raison, répondit Samantha, préférant le laisser se calmer.

Remarquant qu'ils étaient devenus le centre d'intérêt de la rue, Samantha posa sa main sur celle de Tom et lui sourit.

Cela sembla le calmer.

Ils demeurèrent quelques minutes ainsi sans ajouter un mot. La jeune fille voyait bien son ami fulminer intérieurement. Elle comprit que le silence serait son meilleur allié.

Ils décidèrent de retourner à la voiture où devait les attendre James Logan.

Ce dernier ne montra aucun signe de déception. Il leur sourit tout naturellement quand il les aperçut.

Sans un mot, ils montèrent à l'intérieur du véhicule. Le médium démarra, et comme à l'aller, le trajet se fit en silence.

Ils étaient encore loin du domicile de Tom, lorsque James Logan se gara sur une petite place.

Se tournant vers Tom, il déclara :

— Je sais ce que vous pensez, mais je veux vous dire une dernière chose. Sur tout ce que j'ai de plus cher, je vous promets que je n'ai rien révélé à Sally Wolf, ni un nom, ni des détails sur vos douleurs.

Tom ouvrit la bouche pour répondre, mais le médium avait déjà remis le moteur en marche et s'engageait sur la route. Quelques centaines de mètres plus loin, il s'arrêta devant la maison de Tom. Ce dernier resta un instant, hésitant, avant de descendre.

— J'ai confiance en vous, finit-il par dire. Vous m'avez toujours aidé. Mais tout ceci me semble… tellement difficile à croire ! Laissez-moi du temps pour y réfléchir. Je vous rappellerai.

James Logan lui adressa un sourire compréhensif et acquiesça d'un signe de tête. Il salua Samantha d'un geste de la main, avant de s'éloigner, les laissant tous les deux sur le trottoir, encore troublés par ce qu'ils venaient de vivre.

25

Sam ne reparla pas de ce dimanche à Tom, respectant son silence sur cette histoire.

C'est lui qui aborda le sujet après un crise brutale qui le prit deux semaines plus tard.

Le soir même, alors qu'ils étaient à table, il lui dit :

— Tu sais Sam, j'ai réfléchi au sujet de ce qu'a dit Sally Wolf.

La jeune fille essayait de conserver un air détaché.

— Et qu'as-tu décidé ?

— Eh bien, je pourrais t'emmener en France pour un week-end en amoureux.

Surprise par cette annonce, elle répondit :

— Je dis oui sur-le-champ. Quand partons-nous ?

— Attends, pas si vite, dit-il en riant devant l'enthousiasme de son amie. Je m'explique. Vois-tu, les douleurs sont de plus en plus violentes et progressivement rapprochées. Aucun médecin n'a jamais rien trouvé de rationnel. Du coup, j'ai réfléchi. Pourquoi ne pas essayer l'irrationnel ? Dans tous les cas, cela ne fera pas empirer les choses. Et puis je l'avoue, aller sur la terre d'origine de mes ancêtres me tente énormément. Maintenant que je connais leur histoire, j'aimerais retrouver tous les lieux où ils ont vécu.

— Je trouve que c'est une superbe idée. Un week-end en France me tente réellement. Moi aussi, je me sens concernée par ton histoire. J'y ai plongé avec toi. Je comprends ce besoin que tu ressens. On part quand tu veux, une petite culotte et une brosse à dents dans un sac et je suis prête.

Tom éclata de rire :

— Avec ta motivation, je ne peux que m'incliner. Autant lier l'utile à l'agréable. Ça de va pour le week-end prochain ?

Elle l'embrassa :

— Génial !

— J'appellerai James Logan pour le lui dire et le père Hammett pour qu'il prenne contact avec le curé de Saint-Aubin. Mais rassure-moi, tu parles bien français ?

— Couramment grâce à ma mère, et toi ?

— Une catastrophe !

— Alors, tu vois, je suis l'accessoire indispensable pour ton voyage !

Les jours suivants, Samantha acheta une carte de France et des guides touristiques. Ils cherchèrent ensemble un hôtel et réservèrent une voiture sur Paris.

Comme promis, Tom appela James Logan qui fut ravi de sa décision. Quant au père Hammett, il fut tout d'abord sceptique avant d'accepter d'appeler le curé de Saint-Aubin.

Samantha, de son côté, ne tenait plus en place, et c'est avec soulagement qu'elle vit arriver le jour du départ. Son frère Sean les conduisit à la gare, le vendredi midi. Lorsqu'ils arrivèrent à Paris, ils récupérèrent la voiture qu'ils avaient louée. Tom, qui conduisait, éprouva beaucoup de mal à s'adapter à la conduite à droite. Son amie dut se concentrer avec lui, afin de l'aider à passer les carrefours, mais bientôt, ils se retrouvèrent en rase campagne.

Samantha mit la radio. Le soleil brillait.

Trois heures après, ils aperçurent les toits des maisons de Saint-Aubin, ainsi que le clocher de l'église qui dominait un peu plus haut. L'hôtel qu'ils avaient choisi se situait au centre du village. Ils avaient opté pour celui-là par commodité. Ils le trouvèrent sans difficulté. C'était une vieille maison sur trois étages. Ils poussèrent la porte en bois et se retrouvèrent dans un petit hall d'entrée meublé d'un canapé et d'un pupitre. La tapisserie ancienne qui garnissait les murs représentait des volutes dorées, dont la couleur était altérée.

Tom fit sonner la cloche posée sur le pupitre. Ils attendirent quelques minutes et virent apparaître une femme d'un âge indéfinissable. Elle portait un tablier élimé bleu, qu'elle se servit utilisa pour s'essuyer les mains.

Sam l'informa qu'ils avaient réservé une chambre pour trois nuits. Sans articuler un mot, la femme sortit un grand cahier et confirma la réservation. Elle se tourna vers les casiers en bois accrochés au mur et attrapa la clé au numéro deux. Elle la tendit à Sam, lui demandant de bien vouloir signer le registre. Cette dernière s'exécuta :

— C'est au premier, dit la personne avant de disparaître.

Tom et Samantha saisirent leurs sacs et s'engagèrent dans l'escalier.

— Je crois que c'est ce que les Français appellent la France profonde, marmonna

Samantha en arrivant sur le palier.

— Au moins, c'est typique, osa Tom.

Ils pénétrèrent dans la chambre. La même tapisserie ornait les murs. La pièce, étroite, était meublée d'un lit recouvert d'un boutis fleuri, d'une armoire en bois et de deux chaises.

— Le paradis ! plaisanta Samantha en se dirigeant vers la salle d'eau. Non, je retire ce que j'ai dit. Un vrai palace ! déclara-t-elle lorsqu'elle découvrit le réduit contenant un bac à douche protégé par un rideau jauni et des toilettes d'un blanc terni par le temps.

Tom sourit et s'allongea sur le lit. Samantha vint se blottir contre lui.

— Alors, quel est le programme ?

— Pour ce soir, je te propose un petit restaurant avec de bonnes cuisses de grenouilles.

Samantha lui porta un coup sur l'épaule :

— Arrête de te moquer. Fais-moi manger une seule cuisse et je t'étrangle. J'apprécierais bien du foie gras avec un bon petit vin.

— Je prends une douche et l'on essaie de voir s'il y a un restaurant ici. D'accord ?

— Fais vite, j'ai très faim. À quelle heure a-t-on rendez-vous avec le curé demain ? Quel est son nom déjà ?

— L'abbé Solaris. Il nous attend à dix

heures. Il habite le presbytère à côté de l'église. C'est tout près.

Une heure plus tard, ils erraient dans les rues à la recherche d'un restaurant. L'unique établissement qu'ils trouvèrent était fermé. Ils durent se rabattre sur le café du village.

Le bruit de la télévision couvrait les voix des joueurs de belote, assis à une table au fond de la salle. Le patron leur proposa des sandwichs.

Ils s'installèrent près d'une fenêtre :

— Je suis désolé, commença Tom en attrapant les mains de Samantha dans les siennes. Demain, nous prendrons la voiture et je t'emmènerai dans un super restaurant bien typique.

— Ne t'inquiète pas. J'adore le pain français, et puis, je suis ravie d'être ici avec toi. On a tout le week-end pour concevoir quelque chose de chouette.

Lorsqu'on leur apporta les sandwichs, ils les dévorèrent avec appétit. Il n'était pas dix heures lorsqu'ils regagnèrent l'hôtel où ils sombrèrent aussitôt dans un sommeil profond.

Le lendemain, un épais brouillard recouvrait la montagne. Samantha n'arrivait pas à déterminer si le soleil allait percer ou si la journée serait morose. Il était encore très tôt et Tom dormait. Elle en profita pour aller prendre une douche. Elle appela la réception afin qu'on leur monte un petit déjeuner. Elle attendit que celui-ci soit servi pour réveiller Tom.

Il sourit quand il l'aperçut, tenant le plateau dans les mains :

— Tu devrais me réveiller tous les jours comme cela, j'adore, dit-il en s'asseyant. Hum ! Je ne vois que de bonnes choses.

Ils déjeunèrent tranquillement tout en faisant des projets pour la journée. Quand il fut un peu plus de neuf heures, le jeune homme alla se préparer.

Le clocher sonnait le moment du rendez-vous lorsqu'ils arrivèrent à une petite maison accolée à l'église. Tom était nerveux.

Sam l'embrassa et prit les devants en toquant à la porte. Un homme d'une cinquantaine d'années leur ouvrit la porte. Il les accueillit le sourire aux lèvres :

— Tom Partner, je suppose, dit-il en tendant la main au photographe. Et vous mademoiselle, vous devez être Samantha Foscher si je ne me trompe pas. Mais entrez donc !

Les deux jeunes gens accompagnèrent le prêtre qui les mena dans un petit salon. Il leur demanda de s'installer pendant qu'il préparait du café. Il fut bientôt de retour, portant un plateau. Chacun se servit, et l'abbé Solaris s'installa en face de Tom et Samantha :

— Je vais être direct, commença le religieux. J'ai reçu un appel du père Hammett à Lingston en Angleterre. Il m'a fait part de ce que vous vouliez. J'en ai référé à ma hiérarchie, qui connaissait l'histoire de votre aïeul. Je n'entrevois aucun problème sur le fait de célébrer une cérémonie funèbre. Permettre à une âme d'entrer au royaume de Dieu, je conçois cela très légitime et je ne veux pas connaître vos motivations. Le seul problème, c'est que nous ne savons pas où se trouve le corps.

Samantha et Tom se regardèrent. Comment avaient-ils pu occulter ce détail crucial ? Le prêtre continua :

— Je vois que vous n'y avez pas réfléchi. Nous savons qu'il a été lapidé et enterré sur place, mais où ?

— Je crois que j'ai une idée, s'écria Sam. Tom et moi connaissons une personne qui pourra nous le dire.

— Dans ce cas, on peut se revoir demain à quinze heures, si cela vous convient ?

Tom interrogea du regard la jeune fille, il ne comprenait pas quelle était son idée, mais il ne disposait d'aucun autre choix que de lui faire confiance. Elle donnait l'impression de savoir ce qu'elle faisait.

Il ne put que répondre :

— Nous serons ici demain à quinze heures.

Ce n'est qu'une fois éloignés qu'il demanda :

— Et quel est cet ami qui va nous dire où est enterré Augustin Piereshi ?

— James Logan !

— Mais il ne sait... J'ai compris. Tu penses qu'avec ses dons de médium, il va réussir à localiser l'endroit d'ici demain ?

— Tu as une meilleure idée ? répondit-elle vexée.

— Non, excuse-moi, je ne voulais pas être cynique, dit-il d'une voix un peu irritée.

— Va jusqu'au bout ! Dis que mon idée est absurde, et si tu en as une meilleure, n'hésite pas ! s'écria la jeune femme qui percevait la colère monter en elle.

Tom fut surpris de la voir s'emporter et n'osa pas répliquer.

Samantha haussa les épaules et fit mine de partir, quand le jeune homme lui dit d'une voix plus sereine :

— Excuse-moi, je ne voulais pas te vexer. Tu as raison, c'est la seule piste envisageable, puisque le clergé n'a aucune idée de l'endroit. Allons à l'hôtel récupérer mon ordinateur. On va aussi tenter sur le net, en buvant un verre.

Plus tard, ils s'installèrent à la terrasse du café et commandèrent deux jus d'orange. Le soleil avait percé, et il commençait à faire vraiment bon. Ils passèrent près d'une heure à surfer sans toutefois déceler le moindre indice.

Déçu, Tom éteignit son ordinateur et referma le clapet presque violemment. Il regarda Samantha, souffla, puis attrapa son téléphone :

— Je vis dans l'irrationnel. Jamais je n'aurais cru…

Et il appela le médium, tout en se levant et en s'éloignant de la terrasse du café. Après avoir raccroché, il revint vers la jeune femme, qui lui lançait des regards interrogateurs.

— Il ne promet rien. Il va chercher une carte IGN de la région et essayer. Il nous rappelle. On n'a plus qu'à espérer.

— J'espère vraiment que cela va marcher !

— Bon et en attendant, qu'est-ce que tu as envie de faire ?

— Je croyais que tu voulais marcher sur les traces de tes ancêtres.

— C'est-à-dire ?

— On pourrait se rendre au monastère de Moutier-sur-Saint-Quentin, puis au couvent Sainte-Marie. On pourrait même demander laquelle de ces forêts qui entourent le village, est le bois du Verdier. Peut-être pour imaginer où vivait ton arrière, arrière et re-arrière, etc. grand-mère. Pour ma part, j'aimerais bien.

Tom contempla la jeune fille tendrement :

— Je suis sincèrement heureux de t'avoir rencontrée. Ton programme me plaît. J'ai repéré une supérette pas loin de l'église. Attends-moi là, je vais voir s'il y a moyen de se procurer une carte précise de la région.

Quand il revint en brandissant un plan, Samantha fit de la place sur la table pour ouvrir le document. Ils localisèrent les lieux qu'ils voulaient voir.

— Regarde, le monastère n'est qu'à quinze kilomètres d'ici et il n'y a guère plus pour aller au couvent.

— Et le bois du Verdier, il semblerait que ce soit celui-ci, reprit la jeune femme en pointant le doigt sur la droite. On n'a qu'à y aller maintenant, c'est vraiment à côté.

— Si tu veux. Après, on peut essayer de trouver un restaurant sur la route qui mène au monastère. Consulte la carte, il y a des points touristiques sur le trajet. Nous finirons par trouver une auberge.

Ils réglèrent l'addition et se mirent en route vers le bois. Ils empruntèrent un sentier qui montait. La forêt était dense et le sol humide. Ils avaient parcouru quelques centaines de mètres quand ils arrivèrent dans une petite clairière d'où partaient trois chemins.

— On ne trouvera rien de plus, commença Tom. Mais j'avoue que cela me paraît étrange de me trouver ici.

Il regarda autour de lui comme s'il voulait s'imprégner du moindre détail.

Il arbora un air rêveur, puis finit par dire :

— Partons et allons manger.

— Bonne idée, mon estomac commence à réclamer, répondit Samantha.

Effectivement, comme l'avait prédit le jeune homme, ils trouvèrent une petite auberge sur la route qui menait à un col. Ils commandèrent des plats qu'ils ne connaissaient pas.

Ils goûtèrent mutuellement à l'assiette de l'autre, s'exclamant à chaque bouchée.

— Il n'y a pas à dire, s'extasia Tom, la bouche pleine, les Français sont extrêmement doués pour la cuisine. Je suis même étonné qu'ils ne soient pas plus gros. Si je reste un mois ici, je prends au moins dix kilogrammes.

— Les cuisses de grenouilles et les escargots, cela ne fait pas grossir !

— C'est malin, tu es en train de me couper l'appétit.

— Chouette, comme cela, je pourrai profiter de ton dessert !

Il n'eut pas le temps de répondre, la sonnerie de son téléphone se mit à retentir :

— C'est James Logan, dit-il à l'attention de Samantha avant de décrocher.

La conversation fut brève. La jeune femme attendait, scrutant l'expression du visage de son ami. Elle écoutait les quelques bribes de conversation pour comprendre ce que les deux hommes se disaient.

Tom raccrocha et indiqua d'une voix excitée :

— Il dispose d'une piste. Il a réussi à localiser le lieu sur la carte, mais pas précisément. La bonne nouvelle, c'est qu'il arrive à la gare de Charleville-Mézières par le train de dix-sept heures. Il compte sur nous pour le récupérer.

— Tu crois que nous aurons le temps d'aller au monastère ?

— C'est sur la route, ce sera une halte rapide.

— C'est fabuleux ! On a le temps de prendre un dessert ?

— Même deux, si tu veux, dit-il en souriant à la jeune fille.

Ils commandèrent une tarte Tatin et une île flottante qu'ils savourèrent avant de payer l'addition, puis repartirent. Ils s'engagèrent sur une route étroite serpentant à travers un paysage de collines et de bocages. Le décor les époustoufla. D'immenses églises fortifiées surplombaient la route, avec des bâtisses impressionnantes, surmontées de donjons et d'échauguettes. Ils s'arrêtèrent pour prendre des photos de ce patrimoine exceptionnel. Ils passèrent devant un village nommé Mon-Idée, ce qui les fit bien rire avant de s'engager en direction de Signy-l'Abbaye. Quelques maisons aux toits en ardoise parsemaient la campagne, éloignées les unes des autres. Ils durent laisser la voiture sur le bas-côté et emprunter un sentier pendant une centaine de mètres :

— Tu es sûr de toi ? demanda Samantha.

— Regarde la carte, lui répondit-il. Tu vois, nous sommes ici, le monastère ne doit pas être bien loin.

Ils arrivèrent dans une clairière et restèrent sidérés par le spectacle. Seuls quelques murs en ruine évoquaient l'existence d'une abbaye. Cette dernière était entièrement détruite.

Ni l'un ni l'autre n'avait envisagé cette possibilité. La déception pouvait se lire sur leurs visages. Tom ne prononça pas un mot. Il se contenta de faire le tour de ce qui avait dû être une somptueuse bâtisse, à l'image des églises qu'ils avaient aperçues juste avant. Il caressa les pierres, songeur.

Samantha respecta son silence et attendit qu'il lui parle, ce qu'il fit au bout d'un moment interminable.

— C'est dommage que l'abbaye soit détruite, mais ce qui compte, c'est cette sensation que je ressens. Il y a plus de quatre cents ans, le père Gabriel Turdon est arrivé par ce chemin soutenant mon ancêtre dans les bras. C'est idiot, mais je suis ému. Il n'y a plus qu'un tas de cailloux. Pourtant, je ressens tellement de choses.

Samantha s'approcha pour se blottir contre lui.

— Maintenant que je vois le lieu, je m'imagine la scène, et ça me fait bizarre aussi.

Tom regarda sa montre :

— Il faut y aller sinon nous serons en retard à la gare. Je vais juste prendre quelques photos avant.

Ils regagnèrent la voiture et arrivèrent à la gare en même temps que le train de James Logan approchait. Tom se mit en double file, tandis que son amie s'élançait à l'intérieur du bâtiment pour accueillir le médium.

En peu de temps, ils furent réunis tous les trois et prirent la direction de Saint-Aubin.

Les conversations allaient bon train, comme s'ils venaient de se retrouver après une longue séparation. James Logan leur parla du temps gris et triste qu'il avait quitté à Londres pour se retrouver sous la chaleur d'un soleil de plomb.

Tout le long de la route, il resta admiratif devant les vestiges des abbayes. Puis, le calme revint dans la voiture.

Ce fut le médium qui rompit le silence. Il expliqua ses recherches en se basant sur une carte. Il ajouta qu'il préférait être sur place. Ainsi, il pourrait être plus précis sur l'emplacement de la tombe de fortune d'Augustin Piereshi.

— Il fait jour au moins jusqu'à vingt heures trente, cela nous laisse un peu de temps pour aller dans le bois de Verdier, ajouta-t-il.

— Je vous remercie d'avoir fait tout ce chemin pour moi, répondit Tom.

— Je vous ai promis de vous aider. Je ne vous laisserai pas tomber, surtout pas maintenant que vous êtes si près du but.

— Vous ne voulez pas passer à l'hôtel d'abord ? s'enquit Samantha.

— Non, j'aurai tout le temps après, profitons qu'il fait jour.

Lorsqu'ils arrivèrent à Saint-Aubin, Tom se gara sur la petite place devant le café. James Logan lança un regard circulaire, et émit quelques compliments sur le village. Il indiqua au couple qu'il était prêt à se rendre dans le bois du Verdier.

Tom en tête, ils continuèrent à pied et s'engagèrent dans la forêt. Ils arrivèrent à la clairière où Tom et Samantha avaient fait demi-tour le matin même. Sans hésiter, James Logan emprunta le sentier de gauche et marcha droit devant pendant environ cinquante mètres, avant de s'arrêter. Il sortit un pendule. Ses compagnons se mirent à l'écart, retenant leur souffle et observant les gestes de leur ami, sans y croire vraiment.

Au bout de dix minutes, il baissa les bras et se tourna vers eux :

— Je suis désolé, je n'arrive pas à me concentrer ! Je vais attendre un peu, le temps de me relaxer.

Samantha essaya de dissimuler sa déception et lui sourit. Tom n'exprimait rien, incrédule, sentant l'irritation l'envahir. Il prit place sur un tronc en équilibre sur un rocher, et finit par dire :

— Peut-être est-ce mieux ainsi. Toute cette magie, pour moi, c'est excessif. Je commence à trouver cela grotesque !

— Ne prétendez pas cela, répondit James Logan. Faites-moi confiance ! Je sais que je vais y arriver.

Et, reprenant son pendule, il se remit au

travail. Samantha en profita pour s'approcher de Tom et lui dit d'un ton plein de reproches :

— Comment peux-tu parler comme ça ? Ne vois-tu pas tout ce qu'il a fait ? Te rends-tu compte qu'il y a quelques heures, il était tranquillement chez lui à Londres et qu'il a fait des centaines de kilomètres dans ton intérêt ? Que tu préjuges tout cela, c'est ton problème. Mais au moins respecte la conviction des autres, surtout lorsqu'ils font tant pour toi. Rien que cela mériterait que tu fasses un effort pour y croire et lui accorder une chance !

Sur ce, elle s'éloigna, laissant Tom seul à méditer sur ses paroles. Ce qu'il fit, réalisant son comportement égoïste, lorsqu'il entendit James Logan s'écrier :

— C'est ici, sous mes pieds !

Samantha accourut vers lui, lorsqu'ils perçurent un râle. C'était Tom qui hurlait de douleur, s'effondrant sur les genoux. Samantha le saisit par les épaules.

— Tom, que se passe-t-il, Tom, tu me fais peur !

— Mon dos, j'ai trop mal ! Aidez-moi à marcher, la douleur est insupportable. Partons d'ici.

Aidée du médium, la jeune femme releva son ami. Péniblement, ils quittèrent les lieux en direction de l'hôtel. Alors qu'ils avaient à peine atteint l'orée, la douleur disparut aussi vite qu'elle était apparue.

Tom s'assit sur un caillou pour récupérer un peu d'énergie.

— Je suis désolé, mais cette douleur était fulgurante. Elle est survenue, d'un coup.

— Ne vous inquiétez pas, répondit James Logan. Tout va s'arranger maintenant. Allons à l'hôtel, vous avez besoin de vous reposer.

26

Il était tout juste quinze heures ce dimanche, lorsque les deux jeunes gens et James Logan arrivèrent au presbytère. Le prêtre les attendait.

Il avait revêtu une robe blanche, ornée d'une écharpe violette pour l'occasion, et tenait dans sa main un livre de prières. Il ne fit pas entrer les trois amis, les invitant à se rendre immédiatement sur place.

James Logan ouvrait la marche.

En peu de temps, ils arrivèrent sur les lieux. Samantha remarqua que Tom grimaçait de douleur. Elle s'approcha de lui avant de lui chuchoter :

— Cela ne va pas ?

— La douleur est revenue, mais je dois tenir le coup. Je dois assister à la cérémonie.

Son amie lui prit la main, pour le soutenir.

Le prêtre leur tournait le dos.

Il commença :

— Nous allons prier pour Augustin Piereshi. Confions au Seigneur celui qui nous quitte. Donne-lui Seigneur le repos éternel…

Samantha observa Tom. La douleur semblait s'intensifier, son front était perlé de sueur et son visage crispé. Il réussit tout de même à réciter le Notre Père avec le prêtre, qui conclut par un signe de croix.

Après avoir remercié le prêtre, la jeune fille et le médium durent soutenir Tom jusqu'à l'hôtel, où ils l'aidèrent à s'allonger. Épuisé, il s'endormit immédiatement.

Une heure s'écoula ainsi. James Logan tenait compagnie à la jeune femme. Celle-ci refusait de laisser Tom. Lorsque ce dernier se réveilla, la jeune fille vint s'asseoir à ses côtés.

— Comment vas-tu ? Veux-tu que j'appelle un médecin ?

À son grand étonnement, le jeune homme se redressa d'un bond sur le lit et lui dit :

— Non, je me sens en pleine forme. Je suis même étrangement bien.

Tout en articulant ces mots, il posa sa main sur le bas de son dos et resta sidéré.

Son appendice caudal avait disparu !

EPILOGUE

Tom et Samantha finirent par vivre définitivement ensemble. La jeune femme mit au monde deux magnifiques jumelles. Aucune n'avait d'excroissance caudale, et aucune ne révéla de dons particuliers. Ni leur petit frère qui vint compléter la famille trois ans plus tard.

Tom devint photographe sportif et put ainsi profiter de sa famille, sans avoir partir dans les zones en guerre. Il ne retrouva jamais son don pour les prémonitions.

Et comme dans tous les contes, l'histoire se conclut ainsi :

« Ils vécurent heureux et longtemps. »

DU MEME AUTEUR

MARIE
LA LETTRE
MA VIE D'AVANT
DESTINS CROISES
UN TERRIBLE SECRET
UNE FAMILLE INSOLITE
PETIT ITINERAIRE VERS LE BONHEUR
L'HISTOIRE DE CAROLINE SILLES
MA MERE EST UNE STAR
UN SECRET BIEN GARDE
LA SAINT-VALENTIN
JE TE RENCONTRERAI
EL MILAGRO
LA VERITE